U0079380

一般人
最常犯的
100種
英文錯誤
100 tips
for English

國家圖書館出版品預行編目資料

一般人最常犯的100種英文錯誤／張瑜凌編著

-- 二版 -- 新北市：雅典文化，民109.03

面；　公分. -- （全民學英文；56）

ISBN 978-986-98710-2-0(平裝附光碟片)

1. 英語　2. 語法

805.16　　　　　　　　　　　　　　　109001546

全民學英文系列　56

一般人最常犯的100種英文錯誤

編著／張瑜凌
責任編輯／張瑜凌
美術編輯／王國卿
封面設計／林鈺恆

法律顧問：方圓法律事務所／涂成樞律師

總經銷：永續圖書有限公司
永續圖書線上購物網
www.foreverbooks.com.tw

出版日／2020年03月

雅典文化

出版社

22103　新北市汐止區大同路三段194號9樓之1
TEL　（02）8647-3663
FAX　（02）8647-3660

版權所有，任何形式之翻印，均屬侵權行為

【前言】

老是為了搞懂英文文法而傷腦筋嗎？

常常會記不住正確的英文該怎麼說嗎？

背了一堆文法規則，卻還是不敢開口說英文嗎？

針對國人在學習英文時，老是因為沒有信心或記不住正確的英文說法而產生上述困擾的問題，本書為您一一解決！

您瞭解自己的英文程度嗎？以下的句子哪一句是正確的？

1. Keep the change.

2. Keep the changes.

兩個句子看似一樣，就只有"change"和"changes"的差別："change"是「零錢」的意思，當你消費結帳後，希望給店員小費時，就可以說「不用找零了！」在英文中，哪一句才是正確的呢？

「一般人最常犯的 100 種英文錯誤」羅列出
國人最容易犯的錯誤，包含基礎文法的應用、口
語化常用語等，針對容易誤用的部分詳加說明，
協助記憶正確用法。

　　建議您可以先就每一篇內容所提出的問題，
先自行測驗以瞭解自己的英文程度，再針對答錯
的部分加強學習。

「動詞」之間不可以手牽手

I like to swim.

我喜歡游泳。

★【說明】

為什麼說「動詞之間不可以『手牽手』呢？因為在英文文法中，一個重要的準則就是「動詞後面不可以直接加原形動詞。」

所謂「不能直接加原形動詞」的意思就是在兩個動詞之間必須有一個媒介串連兩個動詞，這個媒介的任務通常由"to"來擔任，例如：

☑ I want to go now.
我現在就想要去。

☑ They decide to change the plans.
他們決定要改變計畫。

☑ Eric likes to listen to music.
艾瑞克喜歡聽音樂。

除了部分的動詞後面絕對不可以加"to"之外（詳見P203），其他的動詞一律都可以使用"to"與後面的另一個動詞隔開來，例如：

☑ She tried to make him up.

她有試著要彌補他。

（註：tried是try的過去式）

☑ I learned to drive when I was 16.

我十六歲的時候學會開車的。

（註：learned是learn的過去式）

★【最常犯的英文錯誤】

第二語文的學習常常會不自覺受到母語使用習慣的影響，例如中文「我喜歡跑步」的英文該怎麼說呢？

1.（　）I like run.

2.（　）I like to run.

中文「我喜歡跑步」的句子中，「喜歡」和「跑步」是串連在一起的，所以國人常常脫口而出："I like run"，就是一個錯誤的用法。這是犯了英文文法中雙動詞的大錯誤，所以上述例子中，錯誤顯而易見：

1.（錯誤）I like run.

2.（正確）I like to run.

★【糾正英文錯誤】

英文句子的組成架構，是由"主詞＋動詞"所構成的。亦即，一句英文的簡單句（simple sentence）中，「只能有一個動詞」。

在英文中，「動詞」與「動詞」是不能直接串連在一起的。當需要在句子中同時說明兩個動作時，就需要"to"當緩衝劑。當"to"和「動詞」結合後，例如"like to run"，此時"to"就成為「不定詞」，最主要的工作，就是連接兩個「動詞」，例如：

☑ You need to eat something.
  你需要吃一些東西。

☑ Do you try to turn it on?
  你有想辦法去打開嗎？

☑ They've planned to visit my sister.
  他們已經計畫要去拜訪我的妹妹。

  （註：planned是plan的過去式分詞）

☑ He agreed to help us.
  他答應了要幫忙我們。

  （註：agreed是agree的過去式）

「動詞」後面不要隨便加 to

Help me do it.

幫我做事。

★【說明】

"動詞＋to＋動詞"的句型已經成為國人學習英文時的重點文法之一了。似乎這鐵的紀律也不容被質疑囉？其實不然，語文的學習並不是套用公式般單純，有許多特例的用法是需要你小心注意的！

★【最常犯的英文錯誤】

以下的句子哪一句是正確的：

1. ( ) Help me fix my bike.
2. ( ) Help me to fix my bike.
3. ( ) Help me fixing my bike.
   幫我修理我的自行車。

★【糾正英文錯誤】

一般來說，"help"是名詞也是動詞，都是「幫助」的解釋，但是當成動詞使用時，要特別注意和句子中其他動詞的搭配使用，此時所謂的"動詞＋to＋動詞"的句型已經不適用在"help"這個單字上，例如：

☑ Why don't you help us finish it?
　你為什麼不幫我們完成？

☑ Please help me fix my coffeemaker.
　請幫我修理咖啡機。

☑ Did you help Eric edit the article?
　你有幫艾瑞克編輯文章嗎？

注意到了嗎？上述的三個句子中，在"help"的後面都有出現受詞（me、Eric 或是 him），那麼在這些受詞後面若加上動詞，該不該在動詞前加上"to"呢？

在上述的句子中，第一句"Help me fix my bike."才是正確的。

句型架構

help someone do something
幫助某人做某事

第二個動詞一定要用原形動詞表示，不可以在前面加不定詞 to，例如：

☑ I helped David paint his house.
　我幫大衛油漆他的房子。

☑ We don't wanna help him solve this problem.
　我們不想幫助他解決這個問題。

（註：wanna＝want to，口語化用法）

「be 動詞」的否定句型

I am not a student.
我不是學生。

★【說明】

　　在英文的句子中，分為肯定句與否定句兩種，我們在這裡要介紹最基本的be動詞的否定句句型。

　　何謂「肯定句」？很簡單，只要是沒有「否定」的意味就是肯定句，例如：

☑ I am a student.
　我是學生。

☑ She is my younger sister.
　她是我小妹。

☑ He was a singer.
　他以前是歌手。

☑ Thery were friends.
　他們以前是朋友。

☑ This is a dog.
　這是隻狗。

　　以上的句子都沒有「否定」的概念，所以都是肯定句。

　　那麼何謂「否定句」？簡單來說，「否定句」就是含有not的句子，也就是和中文所說的「不是…」、「沒有…」的概念是一樣的，例如：

☑ She is not a student.
　她不是學生。

☑ We were not friends anymore.
　我們不是朋友了。

☑ David was not an acter.
　大衛不是演員了。

　　很明顯的，上述的句子都出現了一個共同的字：＂not＂，所以都歸類為「否定句」。

★【最常犯的英文錯誤】

有了以上的概念後，您可以分辨以下哪一個句子是錯誤的嗎？

1. ( ) I am not a teacher.

2. ( ) I not am a teacher.

　　　　我不是老師。

初學英文的國人最常犯的錯誤就是將"not"的位置混淆，往往容易因為中文的思考概念而誤用。在中文式的否定句中，「我不是學生」，否定字「不」的位置在「是」之前，所以初學英文者容易將英文的否定句直接說成"I not am a teacher."。這是非常嚴重的錯誤！

★【糾正英文錯誤】

在上述的測驗中，「我不是老師」的正確的說法應該是"I am not a teacher."

「否定句」是一個非常簡單的概念，和「肯定句」是相反的句子，而利用not可以充分地表達否定句的陳述，not的位置和be動詞是緊緊相依的：

句型架構

be動詞＋not

不是…

　　亦即not一定是在be動詞之後，將肯定句改為否定句的要領很簡單，只要在be動詞之後加上not即可，其餘單字則無須改變。您可以試著練習將以下的肯定句改為否定句：

1. He is a very good teacher.

2. We are students.

3. They were here last night.

4. Those are very beautiful houses.

5. I was surprised.

（答案詳見下方）

1. He is not a very good teacher.

2. We are not students.

3. They were not here last night.

4. Those are not very beautiful houses.

5. I was not surprised.

「未來式」是尚未發生的事

He will be home.

他會回家的。

★【說明】

"will"是「助動詞」，表示未來要發生的事時，就可以用"will"來說明，例如：

☑ I will turn 18 next week.
我下週就滿十八歲了。

☑ I will always be his friend.
我永遠是他的朋友。

那麼以下的兩個句子有哪裡不同呢？

☑ He will be home at six.
他六點鐘會回家。

☑ He will be home.
他會回家的。

第一句"He will be home at six."清楚地利用助動詞（will）與時間（at six）點出未來式的情境。

第二句"He will be home."則省略了時間的說明，而直接以助動詞will來傳達「未來式」的情境。

「時間」是人際溝通會話中，相當重要的一種傳達訊息，表達除了直接點出時間之外，也可以只利用「助動詞」（auxiliary verb）來判斷句子的時間，例如：

☑ They will fix it.
他們會修好它。

☑ When will you visit her parents?
你什麼時候要拜訪她的父母？

★【最常犯的英文錯誤】

在中文裡，並沒有明顯助動詞的概念，因此對於助動詞與動詞之間的聯繫關係常常會搞混。

如果要用英文表達「我將會去公園」，那麼以下的句子您判斷哪一句是正確的？

1. (　) I will going to the park.

2. (　) I will to go to the park.

3. (　) I will go to the park.

★【糾正英文錯誤】

"will"是助動詞的一種，但並不是動詞，所以和動詞之間並無須以"to"來隔開，相反的，

"will"的後面一定是接「原形動詞」，例如：

☑ We will go swimming this weekend.
　我們本週末要去游泳。

☑ David will send the letter for you.
　大衛會幫你寄信。

☑ Will you come home at five o'clock?
　你五點鐘會回家嗎？

☑ When will they change the plans?
　他們什麼時候會改變計畫？

以此不難判斷前面的句子哪一句是正確的：

1. （錯誤）I will going to the park.
　→ will 後面要加原形動詞，不可以接動名
　　詞。

2. （錯誤）I will to go to the park.
　→ will 後面要加原形動詞，不可以用 to 隔
　　開 will 與動詞。

3. （正確）I will go to the park.
　→ will 後面直接加原形動詞。

★【衍生用法】

"will"除了可以表示「未來」的時間之外，常
見的還有以下兩種解釋：

(1) 問對方要不要做什麼事：

    A：Will you go home with us?
      你會和我們回家嗎？

    B：Yes, I will.
      是的，我會的。

(2) 請求對方做某事：

    A：Will you do me a favor?
      幫我個忙好嗎？

    B：All right.
      好的！

在上面的兩種例句中，"will"並沒有「未來將如何」的未來意思，而只是一般的「助動詞」用法。（詳見P61）

「有名有姓」要大寫

This is Eric.

這位是艾瑞克。

★【說明】

「名詞」有各種類型，包含專有名詞、一般

名詞、物質名詞…等，本單元要介紹的是以人名為主的專有名詞。

　　只要是人名，不論是男女老少，或是中文翻譯成英文的姓名，人名的第一個字母一定要用大寫表示，例如David、John、Susan、Maria等。

★【最常犯的英文錯誤】

　　有了以上「人名首位字母大寫」的概念後，您應該不難分辨出以下哪一句是正確的吧？

　　1.（正確）This is Jack.

　　2.（錯誤）This is jack and maria.

★【糾正英文錯誤】

　　在以上「人名首位字母大寫」的概念下，應該不難推敲出「名字」＋「姓氏」的組合用法，以下哪一句是正確的？

　　1.（　　）This is John smith.

　　2.（　　）This is John Smith.

　　英語系國家的姓名的組合是「名字」＋「姓氏」，分別是"first name"和"last name"，所以這裡所說的「人名」當然就包括名字和姓氏，例如David Smith或是Susan Jones：

　　1.（錯誤）This is John smith.

2.（正確）This is John Smith.

此外，包含在"first name"和"last name"之間的縮寫名字也要用大寫表示，例如：

☑ His name is Mark J. White.

他的名字是Mark J. White。

★【衍生用法】

除了姓名的第一個字母大寫之外，若是搭配稱謂的姓名，稱謂也是一律用大寫表示：

1.（正確）This is Mr. Smith.

2.（錯誤）This is mr. Smith.

以下是常見的尊稱稱謂名詞：

☑ Mr.＋姓氏

某某先生

☑ Mrs.＋姓氏

某某女士

☑ Miss＋姓氏

某某小姐

★【特別注意】

所有的稱謂都要用大寫表示，例如有親屬關係的稱謂，也須以大寫表示，例如：

☑ Uncle David

大衛叔叔

☑ Aunt Susan
蘇珊姑媽

「物質名詞」量再多，也沒有複數形式

You may add a pinch of salt.

你可以加一小撮鹽巴。

★【說明】

一般說來，「名詞」（noun）中的「普通名詞」泛指book、dog、bus、house…等，有單、複數的形式，但並不是所有的「名詞」都有複數形式，「名詞」中有一類「物質名詞」，是沒有複數形式的，泛指氣體、液體、原料、食品等物質的名稱：

【液體】	
water	水
milk	牛奶
juice	果汁
rain	雨水

【氣體】

air	空氣
gas	瓦斯
mist	霧
smoke	煙

【原料】

wood	木頭
iron	鐵
glass	玻璃

【食品】

rice	米
salt	鹽巴
tea	茶
milk	牛奶
drink	飲料
juice	果汁
vegetable	蔬菜

　　「物質名詞」都沒有固定型態，是屬於「不可數名詞」，沒有單、複數的區別，例如：

☑ Let's go outside for some fresh air.
　我們去外面呼吸點新鮮空氣。

★【最常犯的英文錯誤】

有了以上沒有固定型態名詞的概念，您可以分辨以下哪一句是正確的嗎？

1. (　) You may add a pinch of salts.

2. (　) You may add a pinch of salt.
　　　你可以加一小撮鹽巴。

您知道以上的句子，哪裡出了錯呢？答案是 "salt" 不可以加表示複數的 s 字尾。

1. (錯誤) You may add a pinch of salts.

2. (正確) You may add a pinch of salt.

"a pinch of " 是指「一小撮某物」的意思，你可能會誤以為這樣就表示鹽巴該用複數表示，請記住，前面提過鹽巴是屬於「物質名詞」，沒有單、複數的區別：

☑ Put a pinch of sugar in the soup.
　在湯裡加一小撮糖。

☑ There is a grain of sand in his eye.
　他眼裡有一粒沙子。

★【糾正英文錯誤】

以上的「物質名詞」當成「主詞」時，則必須使用「單數動詞」，例如：

☑ There is some bread on the table.
桌上有一些麵包。

千萬別看見"some"就認為「一些」表示很多，而誤認為是複式，就錯誤地將"is"改為"are"。

★【衍生用法】

以下兩個句子中的papers和paper，哪一個是對的呢？

☑ The photo was on the front page of all the papers.
這張照片刊登在所有報紙的頭條版面。

☑ Can you spare some paper for me?
你能給我一些紙嗎？

答案是兩句都是對的，因為若是「物質名詞」表示製品、種類或個體時，則變成「普通名詞」，可加冠詞，也有單、複數的形式，所以第一句的"paper"是紙的製成物「報紙」的意思，是屬於可屬名詞，類似的例子還有glass：

☑ She poured some milk into a glass.
她倒了一些牛奶在玻璃杯中。

☑ May I have a glass of water?
可以倒一杯水給我嗎？

I was born on the 1st of July.

我是在七月一日出生的。

★【說明】

一年當中有 12 個月份（12 months），全文及縮寫分別是以下的單字：

中文	月份	縮寫
一月	January	Jan.
二月	February	Feb.
三月	March	Mar.
四月	April	Apr.
五月	May	May
六月	June	Jun.
七月	July	Jul.
八月	August	Aug.
九月	September	Sep.
十月	October	Oct.
十一月	November	Nov.
十二月	December	Dec.

雖然不同的月份各有廿八、卅或卅一天的不同天數的差異，這種看似是「天數的複數形式」容易讓國人以為月份是複數形式。

　　因為月份的名詞通常是表示「一整個月的時間」，因此視為「單一個」的個體，所以月份的「名詞」多為單數表示，並沒有複數形式，例如：

☑ At the beginning of last May, we decided to go back to the USA.
　 在去年的五月初，我們就決定要回去美國了。

☑ This office will open in October 2018.
　 這個公司要到二〇一八年十月才會開始營運。

★【最常犯的英文錯誤】

　　大小寫對於國人學習英文時，常常造成不少的困擾，除了前面單元所提「人名」的第一個字母必須大寫以外，還有哪些單字是需要第一個字母大寫的呢？以下哪個句子是正確的：

1. (　) I'll go to Japan in December.
2. (　) I'll go to Japan in december.
　 我會在十二月份去日本。

★【糾正英文錯誤】

上面的句子正確答案如下：

1.（正確）I'll go to Japan in December.

2.（錯誤）I'll go to Japan in december.

因為「月份」的名詞也是屬於「專有名詞」的一種，所以請記住，不論在何種情境況，「月份」的第一個字母一定要大寫。

★【衍生用法】

現在很流行的「姊弟戀」英文怎麼說呢？其實是和月份有關，就叫做"May-December love"，在國外這種忘年之愛通用May-December love通稱，就算男大女小也一樣，例如：

☑ A May-December love affair is not really a very easy relationship to enter into.
   年齡差距大的愛情實在是不容易經營。

「星期」首字母一定是大寫

See you on Monday.
星期一見！

★【說明】

除了名詞中的「月份」是首位字母大寫之外，還有「星期」也是「專有名詞」，因為是就一整個星期而言，只有一個「星期一」（Monday），所以星期的名稱也是「專有名詞」，不因為全年有 52 個「星期一」而改變其獨特性的地位。所以首位字母一定是大寫，例如：

☑ See you on Friday.
　星期五見囉！

☑ Would you like to see a movie on Sunday night?
　星期日晚上要一起去看電影嗎？

這裡所謂的「星期」並不是"week"，而是一整個星期中的每一天，亦即從星期一到星期日的名稱：

中文	星期	縮寫
星期一	Monday	Mon.
星期二	Tuesday	Tue.
星期三	Wednesday	Wed.
星期四	Thursday	Thu.
星期五	Friday	Fri.
星期六	Saturday	Sat.
星期日	Sunday	Sun.

★【最常犯的英文錯誤】

因為中西方語言的不同，國人常常會忘記「首位字母大寫」的規則，以致於會出現如下的錯誤：

（錯誤）I visited Tom on wednesday.

★【糾正英文錯誤】

不要忘記，星期中的每個日子都屬於「專有名詞」，第一個字母一定要用大寫表示，縱使是縮寫也是要首位字母大寫：例如

☑ I visited Tom on Wednesday.
我星期三去拜訪了湯姆。

（註：visited 是 visit 的過去式）

☑ On a Sunday evening, John went to a cocktail party.
在一個星期天的晚上，約翰去參加一場雞尾酒宴會。

★【特別注意】

和星期的日子一樣，每一個「節慶」也都是一年當中獨一無二的日子，例如一年之中不會有第二個相同的聖誕節，所以「節慶」也是「專有名詞」的一種，第一個字母也是要用大寫表示，例如：

☑ Where are you going during Chinese New Year?
你在中國新年期間要去哪裡？

☑ When is Halloween?
什麼時候是萬聖節？

☑ What do you usually do on Independence Day?
在獨立紀念日時，你通常做些什麼事？

「抽象名詞」沒有單、複數，也不加冠詞

I like running.

我喜歡跑步。

★【說明】

名詞中有一類「抽象名詞」（abstract noun），凡是表示「性質」、「動作」、「狀態」、「觀念」或「情感」等沒有具體的形態，無法用眼睛去看或用手去觸摸的名稱，亦即是無形事物的名稱，像是勝利（victory）、智慧（wisdom）等沒有具體外觀可代表，皆為「不可數名詞」，因為你總不能說「一個智慧」吧！所以沒有單、複數的區別，亦即只會是單數的形式，也不加「冠詞」，例如以下的名詞：

【性質】	
beauty	漂亮
kindness	仁慈
honest	誠實
money	金錢
truth	事實
success	成功

【動作】	
exercise	運動
singing	唱歌
dancing	跳舞
running	跑步
swimming	游泳
movement	動作

【狀態】	
peace	和平
war	戰爭
health	健康
weather	天氣
happiness	高興
hope	希望
love	愛
friendship	友誼
time	時間
power	力量

【觀念】	
opinion	觀念
knowledge	知識
wisdom	智慧

【學科】	
English	英文
math	數學
biology	生物學
architecture	建築學

【運動、比賽】	
tennis	網球
basketball	籃球

★【最常犯的英文錯誤】

愛好某種運動的人通常喜歡找同好一起分享，若是你喜歡跑步，遇見一個老是在公園跑步的人，就可以問：「你喜歡跑步嗎？」那麼英文應該怎麼說？以下哪一句是正確的？

1. ( ) How would you like the running?

2. ( ) How would you like running?

3. ( ) How would you like a running?

★【糾正英文錯誤】

在上述的問句「你喜歡跑步嗎？」中，「跑步」是"running"，是一種抽象的不可數名詞，所以正確答案應該如下：

1. （錯誤）How would you like the running?

　　→「抽象名詞」不可加定冠詞"the"。

2. （正確）How would you like running?

3. （錯誤）How would you like a running?

　　→「抽象名詞」不可加"a"。

這裡再提供一些相關的抽象名詞供您參考：

☑ I have studied English for 6 years.
我已經學英文六年了。

☑ Baseball is my favorite sport.
棒球是我最喜歡的運動。

☑ Thank you for your help.
謝謝你的幫忙。

★【衍生用法】

　　「抽象名詞」不但沒有複數形式，也不能加「定冠詞」"the"，例如：

☑ Time is money.
時間就是金錢。

　　→ time就是泛指「時間」的「抽象名詞」。

★【特別注意】

　　「抽象名詞」若因為表示種類、實例（或結果）、所有者，則也可作為「普通名詞」，那麼使用方式便與「普通名詞」一樣，有單、複數之

分,也可加「冠詞」,例如:

☑ Happiness cannot be bought with money.
幸福是無法用金錢買到。

上述句子中,Happiness表示「抽象名詞」的「快樂」,所以是不可數的抽象名詞,也不可以加冠詞。但是以下的"happiness"則不同:

☑ He felt an unspeakable happiness.
他感覺到一種不能言喻的快樂。

上述句子的"unspeakable happiness"表示當下一種說不出的快樂的結果,所以是「普通名詞」,是可數名詞,可以用"an"引導。

☑ The friendship between us is long and lasting.
我們的友誼地久天長。

→ friendship是特指兩人之間所持有的友誼,則可以加"the"。

「複數」不是只能加"s"

Do you have any children?

你有小孩嗎?

★【說明】

　　名詞分為可數名詞和不可數名詞,本單元要介紹的是可數名詞。既然是可數名詞,就會有單、複數的不同形式,一般說來,單數的「可數名詞」若要轉換為複數形式,就會在單數字尾加上一個"s",例如:

中文	單數	複數
學生	student	students
狗	dog	dogs
鳥	bird	birds
貓	cat	cats
婚禮	wedding	weddings
建築物	building	buildings
椅子	chair	chairs
書本	book	books

☑ May I borrow your books?
可以借你的書嗎給我？

★【最常犯的英文錯誤】

但可不是所有的可數名詞複數形式都是加上
"s"就可以囉，以下的句子你知道哪一些是對的、
哪一些是錯的嗎？

1. (　) Do you have any children?
   你有小孩嗎？
2. (　) I need to buy three boxs.
   我得要買三個盒子。
3. (　) There are so many wolfs in the forest.
   森林裡有好多的野狼。
4. (　) How many cities have you ever been to?
   你去過多少城市？

★【糾正英文錯誤】

因為中文沒有「複數名詞」的概念，而是用
單位名稱或形容詞來表現複數（例如「好多的
人」），所以國人常常搞不清楚英文的複數用法。
本單元讓您一次就能徹底瞭解可數名詞的複數形
式用法。

英文的可數的「複數名詞」形式不是只能在
字尾加上"s"來表示。「名詞」複數形式有兩大

類,一種是不規則變化,例如:

☑ My feet are killing me.
我的腳好痛。

(註:feet是foot的複數形式)

以下是一些常見名詞的不規則變化:

單數	複數	中文
man	men	男性
woman	women	女性
child	children	小孩
ox	oxen	公牛
foot	feet	腳
tooth	teeth	牙齒
mouse	mice	老鼠
goose	geese	山羊

其他「名詞」複數形式則是規則變化,除了上述的「單數名詞+s」(字尾+s)之外,還有以下幾種複數變化形式:

(一)在字尾加"es"

凡是「單數名詞」的字尾有以下字母時,因為發音和"s"有相同或類似,造成重複發音的影響,所以不能單純地僅加"s",而是要加上"es"以區隔字尾字母和"s"的發音重複現象:

字尾	單數	複數	中文
-s	gas	gasses	瓦斯
-ss	ass	asses	驢子
-x	box	boxes	盒子
-o	potato	potatoes	馬鈴薯
-sh	dish	dishes	盤子
-ch	watch	watches	手錶

☑ I bought two watches for you.
  我買了兩隻手錶給你。

（二）去"y"加"ies"

　　遇到「單數名詞」的字尾為"y"時，則必須先採用斷尾求生的手法，得先刪除字尾的"y"，再加上"ies"：

單數	複數	中文
party	parties	宴會
city	cities	城市
lady	ladies	女士
family	families	家庭

☑ Ladies and gentlemen, may I have your attention, please.
  各位先生、小姐，請聽我說！

（三）不去"y"直接加"s"

若是「單數可數名詞」的"y"前面有母音（a/e/i/o/u）則不必刪除"字尾y"，而是直接加"s"即可：

單數	複數	中文
boy	boys	男孩
day	days	日子
play	plays	戲劇

☑ They are good boys.
他們是好男孩。

（四）字尾"lf/eaf/oaf/fe"

而若是遇到和"f"或"fe"等相關的字尾，此時則要先刪除字尾"f"或"fe"，改成"ves"：

字尾	單數	複數	中文
-lf	wolf	wolves	野狼
-eaf	leaf	leaves	葉子
-oaf	loaf	loaves	麵包
-fe	life	lives	生命

☑ I bought two loaves of white bread.
我買了兩條白麵包。

　　要注意的是，對某些字尾"f"或"fe"的名詞，是直接加"s"就可以了，例如：

單數	複數	中文
gulf	gulfs	海灣
safe	safes	保險箱

☑ I have two secret safes.
　　我有兩個神秘的保險箱。

★【特別注意】

　　上述的測驗答案如下：

1.（正確）Do you have any children?
　　→ children 是 child 的複數形式

2.（錯誤）I need to buy three boxs.
　　→ 正確用法應為"I need to buy three boxes."

3.（錯誤）There are so many wolfs in the forest.
　　→ wolf 應改為"wolves"

4.（正確）How many cities have you ever been to?

　　以下是單數名詞轉為複數形式的架構，提供給您方便記憶：

單數字尾	複數變身	複數字尾
-s		-ses
-ss		-sses
-x	+ es→	-xes
-o		-oes
-sh		-shes
-ch		-ches

單數字尾	複數變身	複數字尾
-y	刪除 y → ies	
-y	+ s → ys	

單數字尾	複數變身	複數字尾
-lf		
-eaf	刪除 f → ves	
-oaf		
-fe	刪除 fe → ves	

「計量單位」有固定用法

May I have a glass of water?

可以給我一杯水嗎？

★【說明】

外國人學中文最害怕的恐怕就是中文所使用的單位名稱，例如「一匹馬」、「一棵樹」、「一尾魚」、「一棟房子」等，這種「匹」、「棵」、「尾」…等我們覺得很平常的用法，看在外籍人士眼裡可是要花時間記憶。

雖然英文都是用"a/an＋名詞"來表示單位，但並不是所有的名詞都適用a/an的表示法，若是「物質名詞」要表示一定的數量時，就必須加上「計量單位」，像是water（水）、bread（麵包）等名詞，例如：

☑ May I have a glass of water?
可以給我一杯水嗎？

☑ Honey, buy a loaf of bread on your way home.
親愛的，回家的時候順便買一條麵包回來。

那麼英文中有哪些「計量單位」可以使用呢？以下是常見的計量單位：

- ☑ a glass of 一杯…
- ☑ a pair of 一雙/對…
- ☑ a jar of 一罐…
- ☑ a box of 一盒…
- ☑ a loaf of 一條…

★【最常犯的英文錯誤】

有了計量單位的概念，先來測驗一下您對上述計量單位的應用瞭解，請填入相對應的計量單位：

1. a _____ of juice
2. a _____ of soap
3. a _____ of bread
4. a _____ of socks
5. a _____ of jam

★【提示】

- ☑ pair
- ☑ loaf
- ☑ glass
- ☑ jar
- ☑ box

★【糾正英文錯誤】

　　針對上述的幾個填空題，您是否有信心呢？
先來看看以下的正確答案吧！

　　1. a <u>glass</u> of juice　一杯果汁
　　2. a <u>box</u> of soap　一盒肥皂
　　3. a <u>loaf</u> of bread　一條麵包
　　4. a <u>pair</u> of socks　一雙襪子
　　5. a <u>jar</u> of jam　　一罐果醬

　　就和中文的計量單位相同，「馬」的計量單
位是「匹」、「建築物」是「棟」、「樹」是
「棵」，大部分物質名詞是有固定的用法，不可
以混用。

　　那麼英文中的「計量單位」的相對應名詞有
哪些呢？常見的「計量單位」還有以下幾種，用
法也一併列舉：

| 1. pair　一雙、一對 |

　　☑ a pair of socks　一雙襪子
　　☑ a pair of shoes　一雙鞋子
　　☑ a pair of gloves　一雙手套

| 2. stick　棒狀物 |

　　☑ a stick of gum　一條口香糖
　　☑ a stick of candy　一根棒棒糖

☑ a stick of dynamite　一根炸藥

3. slice 薄片（通常適用於從大體積中切下的食物）

☑ a slice of pizza　一片匹薩

☑ a slice of bread　一片麵包

☑ a slice of cake　一片蛋糕

4. bar 長方條狀物

☑ a bar of soap　一條肥皂

☑ a bar of chocolate　一條巧克力

☑ a bar of gold　一條金塊

5. sheet 一張、薄片

☑ a sheet of paper　一張紙

☑ a sheet of glass　一片玻璃

☑ a sheet of cloth　一塊布

6. bunch 串、束

☑ a bunch of bananas　一串香蕉

☑ a bunch of flowers　一束花

☑ a bunch of grapes　一串葡萄

7. cone 錐形蛋捲筒

☑ a cone of ice craem　一個捲筒冰淇淋

8. a carton 紙盒容器

☑ a carton of cigarettes　一盒香菸

☑ a carton of juice　一盒果汁

☑ a carton of milk　一盒牛奶

9. packet　小包、小袋

☑ a packet of chewing gum　一包口香糖

☑ a packet of cigarettes　一包香菸

☑ a packet of stamps　一包郵票

10. jar　寬口的罐、罈

☑ a jar of jam　一罐果醬

☑ a jar of chocolate　一罐巧克力

☑ a jar of pickles　一罐泡菜

☑ a jar of mayonnaise　一罐美奶滋

★【衍生用法】

在上述的計量單位中，有一組比較特別的單位："pair"，表示「一雙」、「一對」的意思，代表「有兩個相同的物質」，但是"a pair of scissors"可不是兩把剪刀，而是指「一把剪刀」，會用"pair"這個單位名稱是因為剪刀是由兩支同樣的利刃所組合而成，且of後面所接的名稱也要用複數形式，類似的例子還包括：

☑ a pair of pants　一條褲子

★【特別注意】

需要用計量單位的物質名詞，其複數形式則是將計量單位名稱用複數形式表現，而後方的物質名詞則維持不變，例如：

單數	複數
a glass of juice	two glasses of juice
a piece of paper	two pieces of paper
a box of soap	two boxes of soap
a loaf of bread	two loaves of bread

另類的「感官動詞」

I saw her dancing with David.

我看見她和大衛跳舞。

★【說明】

前面單元曾經提過，兩個動詞是不能連接在一起使用，例如：

（正確）I came to say hello.

（錯誤）I came say hello.

（錯誤）I came saying hello.

（註：came是come的過去式）

在上述句子中，came和say都是動詞，兩者不能連接使用，所以在came的後面多了一個to。

那麼有沒有例外的情形呢？如果在第一個動詞後面有一個受詞，第二個動詞是不是還是受到上述的限制呢？

★【最常犯的英文錯誤】

某個男生被告知，他的女朋友和大衛一起跳舞，那麼你覺得這句話的正確說法是下列哪一句呢？

1. （　）I saw her dance with David.

2. （　）I saw her to danced with David.

3. （　）I saw her dancing with David.

★【糾正英文錯誤】

請注意，有權決定第二個動詞是否要變化型態的是第一個動詞，上述句子中，第一個動詞是 "see"，也就是我們常說的「感官動詞」。

何謂「感官動詞」？也就是「使用人的身體器官等，去做動作的動詞」，都稱為「感官動詞」。

「感官動詞」當成不及物動詞時，後方接受詞，再接分詞作受詞補語。以see和do為例，就不可能出現"see + sb + do"或"see + sb + to do"的句型，而是"see + sb + doing"的句型，亦即「我看見某人正在做某事」的意思。例如：

☑ I saw David chatting with John.
　我看到大衛在和約翰聊天。

☑ We saw her standing there.
　我們看見她站在那裡。

句型架構

> see + sb + 動名詞
> 看見某人做某是事

所以上述的句子很容易就分辨出哪一句是正確的：

1. （錯誤）I saw her dance with David.
2. （錯誤）I saw her to dance with David.
3. （正確）I saw her dancing with David.

★【特別注意】

「感官動詞」除了"see"之外，還有以下幾種：

1. hear　　聽見
2. watch　　看
3. look at　凝視
4. listen to 凝聽
5. feel　　感覺
6. smell　　聞
7. notice　注意

「助動詞」的特徵

I can speak English.
我會說英文。

★【說明】

　　何謂「助動詞」（auxiliary verb）？簡單來說，「助動詞」不是「動詞」，而是一種輔助的詞性，是幫助動詞在句子裡使用，通常不能單獨存在，而是和「動詞」共用存在才會有意義，所以放在「動詞」前面的位置，也不能省略掉「動詞」單獨使用，例如：

☑ I can speak English.
　我會說英文。

☑ I must call my sister later.
　我晚一點要打電話給我姊妹。

☑ He will be five years old next month.
　他下個月就五歲了。

☑ May I have your name, please?
　請問你的大名？

★【最常犯的英文錯誤】

我們先來測驗一下您對「助動詞」的瞭解有多深，以下哪一句是正確的？

1. (　) He will comes home at five.

2. (　) He will come home at five.
　　　他會在五點鐘的時候回家。

您可以很明顯地分辨出來，以上的二個句子中，只有come和comes的不同，那麼到底哪一句才是正確的呢？

★【糾正英文錯誤】

首先，「助動詞」有哪些？一般說來，常見的助動詞種類有以下幾種：

1. do

2. have

3. can

4. could

5. would

6. may

7. might

8. will

9. shall

10. should

請注意，所有的「助動詞」通用的使用準則有三個：

1. 助動詞＋原形動詞：

首要定律，「助動詞」的後面若是接「動詞」，則是「原形動詞」的型態，例如：

☑ They will be home on time.
他們會準時到家。

（be 是 are 的原形動詞）

☑ I can ask him for help.
我可以請他幫忙。

2. 「助動詞」放在句首構成疑問句：

助動詞若移到到句首，則形成倒裝句，可以是疑問句：

☑ She can speak Chinese.
她會說中文。

☑ Can she speak Chinese?
她會說中文嗎?

3.「助動詞」後面加上not,即成為否定句:

☑ I will visit her.
我會去拜訪她。

☑ I will not visit her.
我不會去拜訪她。

在這個助動詞的否定式用法中,通常「助動詞」與not可以用縮寫表示,例如:

☑ I will not visit her.
I won't visit her.

4. 不必有單數人稱變形的限制:

在現在式的句型中,除了"do"之外,其餘的助動詞在任何情況下,都不必因為主詞的變化而加s。

☑ Does he come back with you?
他有和你一起回來嗎?

其他的「助動詞」都不必因第三人稱或複數主詞改變形式:

(正確)She can go with you.
她可以和你一起去。

(錯誤)She cans go with you.

5. 「助動詞」不和 to 連用：

「助動詞」只和「動詞」搭配使用，不可以在「助動詞」之後加上 to。

（正確）We will pick her up.

我們會去接她

（錯誤）We will to pick her up.

有了以上的概念後，我們來看看上面的測驗中，你的答案是否正確：

1. （錯誤）He will comes home at five.
   → will 後面不可加第三人稱單數所使用的 "comes"。

2. （正確）He will come home at five.
   → 因為助動詞 will 後面若加動詞，則必須是原形動詞的型態。

★【衍生用法】

「助動詞」若放在句尾，並重複「主詞」，就形成「附加問句」，例如：

☑ She can sing.

她會唱歌。

She can sing, can't she?

她會唱歌不是嗎？

☑ You will join us.

你會加入我們。

You will join us, won't you?

你會加入我們，對嗎？

★【特別注意】

少數的「助動詞」有過去式的型態，例如：

1. do/does→ did

☑ She didn't change her plans.

她沒有改變她的計畫。

（didn't 是 did not 的縮寫）

2. can→ could

☑ She could play the violin when she was five.

她五歲時便能拉小提琴了。

3. may→ might，表示可能，不確定，...

☑ She might say yes.

她可能會答應。

4. will→ would，表示過去未來式

☑ She said she would come.

她說過她會來的。

但是「助動詞」的時態為過去式或現在式，必須視整個句子的意境來決定，而非單就「助動詞」的時態來判斷，例如：

☑ Could you hold it for me?
　可以幫我拿著嗎？

☑ Would you open the door?
　你可以開門嗎？

　　以上的句子中，「助動詞」雖為"could"和"would"，但卻是表示請對方協助的語意，是一種禮貌性的說法，和時態無關，這和"will"未必一定是過去式的意思一樣的。

「助動詞」難得和 to 的結合

I ought to go home.
我應該要回家。

★【說明】

　　在前面已經有介紹過助動詞了，我們現在來瞧瞧另一個比較特別的助動詞："ought "。

　　先來複習一下，前面單元介紹過的助動詞的使用準則中有一條「不和to連用」，表示助動詞只和動詞搭配使用，不可以在助動詞之後加上to，例如：

☑ They must go home.
他們必須回家。

但是這個準則似乎會受到另一個助動詞的挑戰了！這個助動詞的準則中，唯一有例外情況的就是助動詞"ought"（應該）。一般說來，"ought"也是助動詞的一種，但是卻不能單獨使用，必須和"to"連用。

★【最常犯的英文錯誤】

以下的測驗中，您可以分辨出哪一句「她應該要歸還」才是正確的嗎？

1. （ ） She ought turn it back.

2. （ ） She ought turns it back.

3. （ ） She ought to turn it back.

如果您認為第一句是正確的，那麼表示您深深地受到「助動詞不和to連用」影響，這是很好的，但是前面已經提醒過您了，"ought"是唯一例外的助動詞用法，它不受「助動詞不和to連用」的約束。

★【糾正英文錯誤】

首先我們先來瞭解一下"ought"這個助動詞。 "ought to"本身是一組片語，必須將"ought to"當成一個字來看，不能單獨使用，例如：

☑ We ought to clean up before we go home.
我們應該在回家前打掃。

☑ She really ought to apologize.
她真的應該要道歉。

嚴格說起來，"ought to"有以下的解釋：

1.表示義務、責任等，解釋為「應當」、「應該」：

☑ We ought to study hard.
我們應該努力用功。

2.表示願望，解釋為「應該…」：

☑ You ought to read his novels.
你應該讀讀他的小說。

3.表示可能性、期望，解釋為「該…」

☑ It ought to be a fine day tomorrow.
明天該是好天氣。

經過上述的解釋，前文的測驗中，您應該可以輕易地判斷哪一句是正確的：

1. （錯誤）She ought turn it back.

2. （錯誤）She ought turns it back.

3. （正確）She ought to turn it back.

★【衍生用法】

那麼"ought"的否定語句又該如何表現呢？很簡單，仍舊將"ought to"當成一個字，但是得在"ought"後面加上"not"就可以了：

1. （錯誤）She ought not to turn to it back.

2. （錯誤）She ought not turns it back.

3. （正確）She ought not to turn it back.

★【特別注意】

很多人會問，"should"和"ought"有什麼不同？其實很簡單，"should"有主動涵義，而"ought to"則含有被動的意味較重。

「助動詞」不可以連用

I don't wanna go with them.

我不想和他們一起去。

★【說明】

「助動詞」不是動詞，而是一種輔助的詞性，是幫助動詞在句子裡使用。不論是肯定句或否定句，只要需要助動詞輔助動詞時，這個句子裡只會有一個「助動詞」存在，例如：

☑ I don't wanna go with them.
  我不想和他們一起去。

  （註：wanna=want to，表示「想要」。）

☑ They should come back at five pm.
  他們應該在下午五點鐘就會回來。

☑ David will help us fix it.
  大衛會幫助我們修好它。

★【最常犯的英文錯誤】

有了前面的基礎概念，您可以判斷下面哪一句是正確的嗎？要小心喔，您必須先知道哪一些字詞是助動詞，才能判斷出對與錯！

1. ( ) I will don't change my mind.

2. ( ) I will should change my mind.

3. ( ) I won't change my mind.

　　　　我不會改變我的想法。

★【糾正英文錯誤】

　　「助動詞」輔助動詞在句子中呈現，一般說來，一個句子就會只有一個助動詞存在，當然也不會存在兩個「助動詞」連接一起使用的機會。所以上述句子中，只要出現兩個以上的助動詞，便是錯誤的用法：

1. （錯誤）I will don't change my mind.
   → don't=do not，是助動詞 do 的否定式。所以 will 和 don't 都是助動詞，不可在同一個句子中出現。

2. （錯誤）I will should change my mind.
   → will 和 should 都是助動詞。

3. （正確）I won't change my mind.
   → won't=will not，是助動詞 will 的否定式。

「助動詞」後面接「原形動詞」

I should leave now.

我應該現在就離開。

★【說明】

前面單元一直強調的，就是「助動詞」是輔助動詞而存在的詞性，如果沒有助動詞的存在，那麼整個句子的解釋可能就會不同，例如：

☑ They will be home by three pm.

他們下午三點鐘前就會到家。

上述句子中，若是少了"will"，則變成"They are home by three pm."因為有後面"by three pm"（下午三點鐘之前）的未來時間，就會顯得這是一句是不夠完整的句子。

☑ You should call the cop.

你應該要報警。

上述句子中，若是少了"should"，則成為"You call the cop."則表示事實，而非建議的語句。

★【最常犯的英文錯誤】

雖然說助動詞主要是輔助動詞，但是不代表

著動詞必須要緊緊貼著動詞存在，以下哪一句是正確的？

1. （ ） Why don't you to call an ambulance?

2. （ ） Why don't you call an ambulance?

3. （ ） Why don't you calling an ambulance?
    你怎麼不打電話叫救護車？

★【糾正英文錯誤】

當助動詞後面出現人稱代名詞時，是不是會讓助動詞和動詞之間產生變化呢？答案是不會的，助動詞後面仍舊必須是原形動詞，所以正確答案如下：

1. （錯誤）Why don't you to call an ambulance?

    → 助動詞和原形動詞之間不能有 to。

2. （正確）Why don't you call an ambulance?
    → don't 的後面縱使有一個 you，也不影響「助動詞後面接原形動詞」的原則。

3. （錯誤）Why don't you calling an ambulance?

    → calling 是現在分詞，不是原形動詞，助動詞後面一定要是原形動詞。

「完成式」表示已經完成了

I have already read this book.

我已經讀過這本書。

★【說明】

簡單來說，時態分為過去式、現在式、未來式，但是當你已經完成某事時，中文會說：「我已經…」，這個「已經…」的概念，就是「完成式」。一般來說，在英文當中就叫做"already"。

"already"是副詞，表示「已經做某事」的概念，經常出現在完成式的句型中。

★【最常犯的英文錯誤】

首先，先讓您簡單瞭解一下「完成式」的句型：

句型架構

have/has＋過去式分詞

已經做了某事

針對「完成式」的句型，以下哪一句「我已經讀過這本書」才是正確的：

1. ( ) I have read already this book.

2. ( ) I have already read this book.

3. ( ) I have read this book already.

★【糾正英文錯誤】

上述的句子是完成式句型，最主要是要您判斷在完成式中，"already"的所在位置。一般說來，副詞在完成式中，所在的位置最普遍的用法是在"have"和「過去分詞」中間。

在上述的句子中，"read"（讀）就是過去分詞（註一），所以"already"必須在"have"和"read"中間，所以答案顯而易見：

1. （錯誤）I have read already this book.

2. （正確）I have already read this book.

3. （正確）I have read this book already.

（註一）read的三態（原形、過去式、過去分詞）都是read，但發音分別為〔rid〕、〔red〕、〔red〕。

那麼第三句為什麼是正確的呢？因為「副詞」"already"的位置也可以在句尾，例如：

☑ I have had lunch already.

我已用過午餐了。

★【衍生用法】

　　在疑問句中，"yet"是以替代"already"的：

☑ Have you read this book yet?

　　但若是以「意外」、「驚訝」的語氣發問，則即使是疑問句也可以用"already"，例如：

　　A：Where are you going?
　　　　你要去哪裡？

　　B：I'm going to ask him if he'll come.
　　　　我去問他是不是會來。

　　A：Already?
　　　　已經要去了喔？

★【特別注意】

　　"already"也可以代表「現在」：

☑ It's bad enough already -- don't make it any worse.

　　現在夠糟了！不要再製造更糟的事了。

- -

　　若由全句的語意來做判斷，上述例子中，說明「情況變得很糟糕」，所以"already"點出的是「現在」的這個時間點。

完全不直接的「間接問句」

Do you know where he is?

你知道他在哪裡嗎？

★【說明】

何謂「疑問句」？當然就是提出問題的句子，例如："What's her name?"，中文翻譯為「她叫什麼名字？」那麼若是問：「你知道她叫什麼名字？」這種多了一句「你知道…」的問法，又該如何表示呢？

★【最常犯的英文錯誤】

有一種疑問句叫做「間接問句」，是由兩個句子所組成的。例如上述的問句，以中文來解釋，就是「你知道…」加上「她叫什麼名字？」這兩個句子形成的間接問句，那麼英文也是"Do you know…"加上"What's her name?"嗎？以下的句子哪一句是正確的？

1. ( ) Do you know where he is?
2. ( ) Do you know where is he?
　　你知道他在哪裡嗎？

★【糾正英文錯誤】

「間接問句」最大的特色就是由兩個句子所組成的問句,不管第一個句子是疑問句句型、否定句型或肯定句句型,第二個句子一定是肯定句的句型。

句型架構

肯定句
疑問句 } +肯定句?

例如:

☑ Do you know what her name is?
你知道她叫什麼名字嗎?

☑ I don't know what her name is.
我不知道她叫什麼名字。

所以上述的測驗答案如下:

1.(正確)Do you know where he is?
2.(錯誤)Do you know where is he?

★【衍生用法】

「間接問句」的第一個句子最常使用的動詞有:know、doubt、wonder、tell、believe、think等,例如:

☑ Can you tell me where I am now?
你能告訴我我現在人在哪裡嗎？

☑ Do you believe what he said?
你相信他說的話嗎？

對喜好可以有不同偏好

I prefer tea to coffee.
茶和咖啡，我更喜歡前者。

★【說明】：

孩子最怕父母偏心，常常會問「你比較愛我還是愛他/她」，以英文來說，最適合使用的單字就是"prefer"這個單字了，表示「更喜歡…」或是「寧可…」的意思。

★【最常犯的英文錯誤】

以下哪一個句子是正確的？

1. (　) I prefer tea to coffee.

2. (　) I prefer tea than coffee.

3. (　) I prefer tea better coffee.

　　茶和咖啡，我更喜歡前者。

★【糾正英文錯誤】

　　"prefer"這種表示「更喜歡…」或是「寧可…」的比較句型，常見句型為：

句型架構

prefer A to B

和**B**比起來，更喜歡**A**

　　例如：

☑ I prefer David to John.
　　我比較喜歡大衛而不是約翰。

☑ I prefer white to red.
　　我比較喜歡白色而不是紅色。

☑ I prefer sunny days to rainy days.
　　我喜歡和煦的日子，不太喜歡下雨的日子。

　　所以上述測驗中，答案非常明顯：

1. （正確）I prefer tea to coffee.
2. （錯誤）I prefer tea than coffee.
3. （錯誤）I prefer tea better coffee.

★【特別注意】

另外，若是以某個動作相比而作出選擇，則可以使用"prefer to do than do"的句型，例如：

☑ I prefer to stay at home than go to watch the movie.

我寧願待在家裏也不願去看電影。

看似是「過去式」卻不是歷史

You had better go away.

你最好是離開！

★【說明】

"have"除了是一般動詞「擁有」、「吃」之外，也可以是助動詞的功能。

have的過去式就是"had"，那麼"had better"是指「過去擁有」的意思嗎？

小心啊，千萬不要掉進英文字面的陷阱中！

★【最常犯的英文錯誤】

"had better"是中文「最好…」的意思,表示你對某人的言行舉止或想法可能有意見,進而提出你的建議,在中文會說:「你最好是…」,例如:

☑ You had better put on your coat.
　你最好穿上你的外套。

☑ You had better go to see a doctor.
　你最好去看醫生。

☑ We had better change our plans.
　我們最好是改變我們的計畫。

通常這種建議性的語句是適用在當下彼此是面對面提出的建議,特別是針對「目前現在所處的狀況」做出的提議,帶有「如果不這麼做,就會…的後果」的警告意味,例如:

☑ It's getting cold. You had better put on your hat.
　越來越冷了,你最好戴上你的帽子。

☑ You had better hurry, for the bus is coming.
　你最好快一點,因為公車快來了!

★【說明】

根據時態轉換動詞時態是國人學習英文的重要原則，所以常常會聽見有人這麼說："We have better leave now."（我們最好是現在就離開。）

「因為是『現在』提出的建議，所以用have」，看起來似乎合情合理，但這可是大錯特錯啊！

那麼到底以下哪一句才是正確的呢？

1.（　）You had better hurry now.

2.（　）You have better hurry now.
　　　　你現在最好快一點。

★【糾正英文錯誤】

國人面對這個慣用語"had better"最常犯的錯誤有以下兩種用法：

錯誤用法 1：錯用為"have better"。

你可別自作聰明將had改為現在式"have better"，老美可是沒有人這麼說的。"had better"是一種慣用語，沒有原因，記下來就對了！

1.（正確）You had better hurry now.

2.（錯誤）You have better hurry now.

錯誤用法 2：擅自加 to 或擅自更改型態。

可別以為had是動詞，在「動詞後面不能直接接動詞」的文法原則之下，就擅自加了不定詞"to"在"had better"之後。請記住，"had better"後面要加原形動詞：

1. （正確）We had better finish it by tomorrow.
2. （錯誤）We had better to finish it by tomorrow.

★【特別注意】

因為"had better"後面要加原形動詞，不可以加to，所以如果是否定詞用法，則直接在"had better"後面加上not即可，例如：

1. （正確）You had better not call Eric at the moment.
2. （錯誤）You had better not to call Eric at the moment.
2. （錯誤）You had not better call Eric at the moment.

三餐名不可加定冠詞 the

What would you like to eat for dinner?

你晚餐想吃什麼?

★【說明】

俗話說,「民以食為天」,既然「吃飯」是何等重要的大事,那麼依照文法,舉凡要特殊說明強調的事物,都要加上定冠詞the,以強調是「這次所吃的餐點」可以嗎?有這樣的想法可是大錯特錯啊!

★【最常犯的英文錯誤】

看看下面的句子,你知道哪裡出了問題嗎?

☑ Would you like some cookies for the lunch?
你午餐要吃餅乾嗎?

似乎沒有太大的錯誤嗎?那麼你也受到似是而非的文法誤用的影響了!下列的句子可以讓你明顯知道哪裡出了問題:

1. （正確）What would you like to eat for dinner?

2. （錯誤）What would you like to eat for the dinner?

「若是要強調這一餐吃了哪些食物，所以就會需要用the來修飾三餐的名詞」，這是國人在說英文的同時，受限於文法的思考邏輯所造成的錯誤結果。

★【糾正英文錯誤】

國人常常因為受到定冠詞的文法要求，老是記不住哪些名詞要加冠詞，所以乾脆通通加上 "the"，總以為反正老美也聽得懂，雖然如此，但這畢竟是錯誤的用法。請記住，三餐的名詞前面是不可以加上定冠詞the。

「三餐」的單字分別是breakfast、lunch、dinner，請記住，三餐的名稱之前是不可以加定冠詞the，例如：

☑ What did you eat for breakfast?
你早餐吃了什麼？

☑ I had a sandwich for lunch.
我午餐吃了一個三明治。

☑ I'm eating my dinner.
我正在吃晚餐。

不論有無強調某個特定的餐點，都不可以在三餐的名稱前加上定慣詞"the"，例如：

☑ She is busy preparing dinner.
她正忙著做晚飯。

☑ We had soup and sandwiches for lunch.
我們午餐喝湯和吃三明治。

★【特別注意】

並不是所有的名詞都需要「冠詞」，除了上述的三餐名稱不加the之外，以下的名詞類別同樣是不可以加上冠詞the：

1. 人名、姓氏：

人的名字、姓氏等，也不可以加上冠詞the，例如：

☑ John's coming to my birthday party.
約翰要來參加我的生日宴會。

☑ Mr. Smith is not my teacher.
史密斯先生不是我的老師。

名字、姓氏、職稱包括：
Eric　艾瑞克

Maggie　瑪姬
Mr. Smith　史密斯先生
Mrs. Brown　布朗太太
Miss White　懷特小姐

2. 有職稱的名字：

職稱前面同樣不能出現「冠詞」，例如：

☑ Dr. Watson is my friend.
華生博士是我的朋友。

☑ Professor Smith did not call you, did he?
史密斯教授沒有打電話給你，對吧？

以下為常見的職稱：
Dr. Wang　王博士
Professor Johnson　強生教授
Princess Diana　戴安娜王妃
the Pope　教宗

若是唯一的職位，則需要加「冠詞」，例如
the Queen of England英國女王。

3. 語言名稱：

語言名稱也是不必加上冠詞的，例如：

☑ How do you learn English？
你是如何學習英文的？

☑ I can speak Japanese.
我會說日文。

常見的語言名稱有以下幾種：

Chinese 中文

Japanese 日文

French 法文

German 德文

---

4. 時間名稱：

和日期相關的名稱通常也是不能加「冠詞」：

☑ Do you remember 2018?
你記得西元二〇一八年嗎？

有哪些時間名稱呢？包括：年份、月份、星期等，都是屬於「時間名詞」。

選擇 a 或 an？與「字母」無關

This is a useful tool.
這是一件有用的工具。

★【說明】

　　不定冠詞"a"或"an"都是「一」的意思，但是這兩者之間的使用差別，卻是許多國人常常混淆的部份，因為中文的「一」就只有一個說法，但在英文中，"a"或"an"的不同使用規則卻是有一定的依據的。

　　先來測驗一下您對"a"或"an"的使用差別是否瞭解，以下的句子哪一些是正確的？

1. (　　) This is a apple.
2. (　　) This is an egg.
3. (　　) This is a bicycle.
4. (　　) He is an American student.
5. (　　) She is an European.

　　您能夠輕易地知道上述的句子中，哪些是正確的，哪些又是錯誤的嗎？為什麼？如果你不是很確定，沒關係，答案就在後面喔！

★【最常犯的英文錯誤】

　　國人最常出現的錯誤用法排行榜中，a和an的混淆恐怕是可以擠進前十名的。想知道對於前面不定冠詞的小小測驗，您都答對了嗎？以下是正確答案：

1.（錯誤）This is a apple.

2.（正確）This is an egg.

3.（正確）This is a bicycle.

4.（正確）He is an American student.

5.（錯誤）She is an European.

　　如果看了以上的答案後，您有滿腦子的疑問，沒關係，經過本單元的說明，a或an的用法將不再困擾您了！

★【糾正英文錯誤】

　　國人會有一個錯誤的觀念，以為只要用單字的字母a、e、i、o、u來分辨a或an的用法。這可是大錯特錯啊！

　　首先，先來釐清一個觀念，並不是用單字的第一個拼字字母來決定使用a或an，而是依單字的第一個「發音」來決定的。以下是a或an的使用規則：

1. 字首為[a、e、i、o、u]母音發音的單字，都是由"an"引導，例如：

☑ an answer　一個答案

　→ a的發音為[ε]

☑ an accident　一場意外

　→ a的發音為[æ]

☑ an event　一則事件

　→ e的發音為[ɪ]

☑ an idea　一個主意

　→ i的發音為[aɪ]

☑ an umbrella　一把雨傘

　→ u的發音為[ʌ]

2. 字首為a、e、i、o、u卻不是母音發音,而是發子音,則由"a"引導,例如:

☑ a uniform　一件制服

　→ u的發音為[ju]

☑ a university　一所大學

　→ u的發音為[ju]

☑ a useful tool　一件有用的工具

　→ u的發音為[ju]

☑ a one-year-old girl　一位一歲的女孩

　→ o的發音為[w]

3. 字首為子音,卻由"an"引導。多半是因為字首的子音不發音,而由後面的母音字母發音,所以由"an"引導,例如:

☑ an hour　一小時

　　→ h不發音，而o的發音為[aʊ]

☑ an honest girl　一位誠實的女孩

　　→ o的發音為[a]

4. 其餘非"an"引導的句子，一律由"a"引導，例如：

☑ a teacher　一位老師

　　→ t的發音為[t]

☑ a dog　一隻狗

　　→ d的發音為[d]

☑ a house　一棟房子

　　→ h的發音為[h]

☑ a ball　一顆球

　　→ b的發音為[b]

★【特別注意】

有了以上的說明，您就可以輕鬆瞭解前面測驗的正確或錯誤的原因了吧：

1.（錯誤）This is a apple.

　　→ 因為apple首位字母發音為母音[æ]，所以正確用法應為：This is an apple.

2.（正確）This is an egg.

　　→ 因為egg首位字母發音為母音[ɛ]，所以用 an 是正確的。

3. （正確）This is a bicycle.
   → 因為 bicycle 首位字母發音為[b]，所以
     用 a 是正確的。

4. （正確）He is an American student.
   → 因為 American 首位字母發音為[ə]，所
     以用 an 是正確的。

5. （錯誤）She is an European.
   → 因為 European 的 E 不發音，而是後面
     的 u 發音[ju]，所以正確用法應為：She
     is a European.

「不定冠詞」an 的怪癖

This is an umbrella.
這是一把雨傘。

★【說明】

除了前面單元所提要加冠詞"a"的名詞之外，
凡是以[a、e、i、o、u]作為首位字母音發音的名
詞，此時就要加「不定冠詞」"an"，例如：

☑ an umbrella 一把雨傘

　→ u的發音為[ʌ]

☑ an apple 一顆蘋果

　→ a的發音為[æ]

☑ an answer 一個答案

　→ a的發音為[æ]

☑ an egg 一顆蛋

　→ e的發音為[ɛ]

☑ an idea 一個主意

　→ i的發音為[aɪ]

★【最常犯的英文錯誤】

有了以上[a、e、i、o、u]為引導的字首母音發音的概念後，來簡單測試一下，以下哪些是錯誤的，哪些是正確的？

1. (　) an unit

2. (　) a university

3. (　) an uniform

在上述的三個句子中，您是不是都看到"u"這個熟悉的母音單字為字首呢？

★【糾正英文錯誤】

如果您認定首位字母的"u"是"an"所引導，那麼您可就犯了一知半解錯誤了！

要特別注意，並不是所有字母a、e、i、o、u
開頭的單字都是由"an"引導，仍有一些例外的情
況，還是得視「首位字母是否為母音發音」的情
況來決定使用"a"或"an"。藉由以上的單字測驗，
可以知道您對單字發音的瞭解程度，以上的句子
正確的答案是：

1. （錯誤）an unit
    → "unit"的第一個字母"u"雖然是母音字
       母，但是發音卻是以子音[ju]為起始，
       所以正確的說法應該是為"a unit"，而
       非"an unit"。

2. （正確）a university
    → 因為首字母"u"的發音為子音[ju]，所以
       的確是由"a"來引導。

3. （錯誤）an uniform
    → 和上述單字 university 相同，因為 uni-
       form 的首字母 u 的發音為子音[ju]，所
       以也是由"a"來引導。

★【衍生用法】

那麼是否有非母音為引導的單字，卻必須以
"an"為「不定冠詞」引導呢？這種雖是子音為首

的單字，卻由"an"所引導的名詞，多半是因為此單字為首的子音並不發音，而是由之後發母音的字母發音所造成的，例如：

☑ an honest man　一位誠實的男人

　　→ h不發音，而由之後的o發音為[ɑ]

☑ an hour　一小時

　　→ h不發音，而由之後的o發音為[au]

★【特別注意】

除了名詞單字由「不定冠詞」"a"或"an"引導之外，還包括由形容詞搭配的名詞也會由「不定冠詞」引導：

句型架構

a/an ＋ { 可數單數名詞
　　　　形容詞＋可數單數名詞 }

(1) a ＋[子音] 形容詞＋可數名詞單數

☑ a useful tool　一件有用的工具

　　→ u發音為[ju]

☑ a one-eyed dog　一隻獨眼的狗

　　→ o發音為[wʌ]

☑ a one-year-old boy　一位一歲的男孩

→ o發音為[wʌ]

(2) an +[母音]可數名詞單數

☑ an umbrella 一把傘

→ u發音為[ʌ]

☑ an apple 一顆蘋果

→ a發音為[æ]

☑ an answer 一個答案

→ a發音為[æ]

☑ an egg 一顆蛋

→ e發音為[ε]

☑ an idea 一個想法

→ i發音為[aɪ]

(3) an +[母音]形容詞+可數名詞單數

☑ an odd person 一位奇怪的人

→ o發音為[ɑ]

☑ an old friend 一位老朋友

→ o發音為[o]

☑ an American student 一位美國學生

→ A發音為[ə]

「動詞」不能和 not 連用

He did not send it yesterday.

他昨天沒有去寄。

★【說明】

到目前為止，您應該知道助動詞的否定式用法是在助動詞之後加上"not"，例如：

☑ We will go home.（肯定式）
我們會回家。

  We will not go home.
我們不會回家。

那麼如果是以下的句子，該如何改為否定句型呢？試看看您能否寫出正確的句子：

☑ He went to school yesterday.
他昨天有去上學。

☑ David changes his mind.
大衛改變主意了。

☑ Open the window, please.
請打開窗戶。

★【最常犯的英文錯誤】

在有助動詞的肯定句中，若要改為否定句，則鐵律就是在助動詞後面加上"not"，例如：

☑ We shall try this way.
我們應該試試這個方法。

  We shall not try this way.
我們不應該試這個方法。

☑ We may fix it.
我們可以修好它。

  We may not fix it.
我們無法修好它。

但若是肯定句中沒有助動詞，該如何將句子改為否定句呢？可以直接將"not"加在一般動詞之後嗎？小心喔，若您是這麼認為的，那就大錯特錯了！

★【糾正英文錯誤】

在只有一般動詞的句子中，若要改為否定句，則必須依照時態，加上適當的助動詞後，再加上"not"，並將一般動詞改為原形動詞，例如：

☑ I want to do it.
我想要做。

→ I do not want to do it.

= I don't want to do it.
我不想要做。

☑ He went to the park.
他有去公園。

→ He did not go to the park.

= He didn't go to the park.
他沒有去公園。

☑ She makes a cup of tea.
她泡了杯茶。

→ She does not make a cup of tea.

= She doesn't make a cup of tea.
她沒有泡茶。

☑ Open the window, please.
請打開窗戶。

→ Do not open the window, please.

= Don't open the window, please.
請不要打開窗戶。

「動名詞」是「動詞」轉變而來的

Swimming is good exercise.

游泳是好的運動。

★【說明】

何謂「動名詞」？簡單來說，就是具有動詞性質的一種名詞。

通常動名詞帶有名詞的性質，表示「功用」，和一般名詞的使用方法是一樣的，可以當成主詞使用，例如：

☑ Seeing is believing.

眼見為憑。

★【最常犯的英文錯誤】

學過基礎英文文法的人都知道，「動詞」若要轉換為「動名詞」，一定是在「動詞」之後加上"ing"，形成"動詞ing"的變化形單字，例如：

動詞原形	動名詞
go	going
walk	walking

sleep	sleeping
talk	talking
drink	drinking
see	seeing

看看以下「游泳是好的運動」哪一句才是正確的：

1. (　　) Swimming is good exercise.
2. (　　) Swiming is good exercise.

★【糾正英文錯誤】

如果只是牢牢地記住"動詞＋ing"變化形的規則，就很容易一腳踏入英文文法的陷阱中囉！問題就出在某些動詞的字尾，不能只是在字尾後面加上ing，你必須記住：ing和某些字母之間是有一些「不直接面對面」的協議規則，例如：

動詞原形	動名詞
run	running
swim	swimming
write	writting

「給你的」最好用

Here you are.

給你！

★【說明】

有的時候語言的學習並無須知道太多的為什麼，因為語言的形成是一段長時間的生活經驗所累積、演化而成的，就如同中文的「有什麼事？」，有的時候也會用口語化的「幹嘛？」來替代，為什麼這麼用？我想沒有人會考究吧！就跟著使用囉！

★【最常犯的英文錯誤】

當你要將某個物品交給對方時，中文會說「給你」，那麼英文的「給你」該怎麼說呢？可不是 give you 這麼簡單直譯喔！以下哪一句是正確的？

1. (　) Here you is.
2. (　) Here you are.
3. (　) Here it is.
4. (　) Here are you.

給你！

看起來上述的測驗句中，似乎都長得很像，都是 Here 開頭的語句，最大的差別應該就在後方的單字！

★【糾正英文錯誤】

當你購物將費用交給對方、給對方禮物、將護照交給海關人員，甚至是將零錢給顧客等，凡是這種將物品或金錢提供或轉接給對方的情境下，中文都可以說「給你」，對應的英文就叫做 "Here you are."，表示「要給你的東西在這裡」的意思。

1. （錯誤）Here you is.
   → 既是錯誤文法，也不符合情境。
2. （正確）Here you are.
   → 正確的「東西在這裡」的口語化用法。
3. （錯誤）Here it is.
   → 翻譯為「它就在這裡」，也不符合情境。
4. （錯誤）Here are you.
   → 翻譯為「這裡是你」，不符合情境。

★【特別注意】

"Here you are." 也有另一種意思，例如當你帶著某人要到某個地方，抵達的時候你就可以說 "Here you are."，表示「我們到了」的意思。

有"say"不一定只能是「說」

Say, aren't you Eric?
嘿，你是艾瑞克吧？

★【說明】

在口語化英文中，有很多單字不是你所看到的表象意思，可能有其他意思，雖然對整體句子沒有太大影響，但對學習第二外語的我們來說，常常會有一個疑問：「為什麼要這麼用」，而陷入說英文時不夠流暢或支支唔唔的窘境。其實您大可不必這麼緊張，只要知道這些特殊用法，應用在口語英文中會讓您的英語更加道地呢！

★【最常犯的英文錯誤】

在非正式場合的對話中，可能會突然想到某個話題或想法，甚至是突然要插話時，中文就會說「嘿，…」，在英文中也有類似的用法，以下哪一句是正確的？

1. ( ) Say, why don't we take a break?
2. ( ) See, why don't we take a break?
3. ( ) Go, why don't we take a break?
   嘿，我們何不休息一下？

★【糾正英文錯誤】

就像前文所說的，英文中有一些單字並不是表面的意思那般簡單，可能是另一種你想像不到的用法。例句來說，當你看到某人，想到他可能是你們可能認識，就可以問他：「嘿，你是某某人嗎！」英文的「嘿，」要怎麼說？當然你可以說"Hey, …"，但是這裡要教您另一種更道地的說法："Say, …"：

先來看一下上述測驗的正確答案：

1. （正確）Say, aren't you Eric?
2. （錯誤）See, aren't you Eric?
3. （錯誤）Go, aren't you Eric?

中文的「說」，在英文中則有"say"和"speak"兩種表現方式。此時用"Say, …"，在口語化中則具有「喂…」、「那個…」、「嘿…」的意思，不但可以應用在臨時轉換話題之用，有時也是具有感嘆之意的用語，例如：

☑ Say, this is so sad.

唉，真是感傷啊！

☑ Say, we can go to see a movie.

是這樣的，我們可以去看電影。

有"see"不一定是「看見」

You see?

你明白嗎?

★【說明】

　　有的時候,語言表象意思並不是如你字面上所見的意思,有可能是反面的意思或另一種意思,甚至會令人丈二金剛摸不著頭緒,例如"Shall we?"字面意思可以是「我們應該嗎?」事實上卻是提醒對方「我們該走了!」或「我們可以出發了嗎?」要視實際的狀況來解讀、使用語言,而非只求字面意思的瞭解。

★【最常犯的英文錯誤】

　　當你企圖要解釋一件事,而這件事可能是對方應該知道卻仍舊搞不清的事件時,中文會說「你明白嗎?」這句話在英文該怎麼說呢?

1. (　) You see? It's not your fault.

2. (　) You what? It's not your fault.

3. (　) You know? It's not your fault.

　　　　你明白嗎?這不是你的錯!

一般人
最常犯的
100種
英文錯誤
100 tips
for English

★【糾正英文錯誤】

當朋友因為沒有回去探望家人,而沒見到猝逝家人最後一面,因此而深深自責,你就可以安慰對方「你明白嗎?這不是你的錯!」針對上述的情境,下列有一句話才是正確的說法:

1. (正確) You see? It's not your fault.
   → "You see?"字面意思雖然是「你有看見嗎?」其實是表示「你明白嗎?」

2. (錯誤) You what? It's not your fault.
   → "You what?"通常適用在對方說了一句以"I…"為開頭的句子,而你沒聽清楚時的反問語,表示「你怎麼樣?」

3. (錯誤) You know? It's not your fault.
   → "You know?"是中文「你知道嗎?」的錯誤引用,英文可是沒有這麼說的喔!

有"come"不一定要「過來」

Come again?

你說什麼？

★【說明】

一般國人容易將語言字面化，就如同要說「對不起，借過」時，容易脫口就說"sorry"，事實上應該說"Excuse me."

而如果你聽不清楚對方所說的話時，你也可以用最簡單的方式說"Excuse me?"並且要用疑問句的語氣。此外，當然也可以說"What did you say?"但是這句話卻沒有"Excuse me?"來得常用。這種請對方「再說一次」只有"Excuse me?"的說法嗎？

★【最常犯的英文錯誤】

若是沒聽清楚對方所說的話，以下哪一句可以表達「請再說一遍」的意思呢？

1. (　　) Come again?

2. (　　) Come over here.

3. (　　) Go again?

★【糾正英文錯誤】

前面提過，不要用字面意思解釋英文，若你認為"come"就是「來」，那麼你可能認為以上三句都是錯誤的。正確答案應該是第一句：

1. （正確）Come again?
   → 可別看見"Come again?"就以為是「再過來嗎？」"Come again?"是一句非常口語化的英文，意思就是「請你再說一遍」的意思。

2. （錯誤）Come over here.
   → "Come over here"是「過來這裡」的意思，文法沒有錯，但是和情境不符。

3. （錯誤）Go again?
   → 同樣是和情境不符合的錯誤。

「受不了」就要說出口

I can't stand anymore.

我再也受不了了!

★【說明】

人是有七情六慾的,當喜怒哀樂發生時,若是沒有適當的宣洩管道,是很容易患得患失的喔,特別是面對一些比較負面的情緒時,千萬不要隱忍在心裡,找個可以訴說的對象,好好的排解這些情緒吧!

★【最常犯的英文錯誤】

當一個人情不自禁時,可以說"I can't help it.",若是忍無可忍時,又該如何表達這股不滿呢?以下哪一句是正確的?

1. (　) I can't stay anymore.
2. (　) I can't stand anymore.
3. (　) I can't go anymore.

　　　　我再也受不了了!

★【糾正英文錯誤】

國人容易在說英文的時候,將所知的英文套

用成一個句子來表達，這是錯誤的習慣，應該先知道有哪些慣用語句，進而使用所知的詞彙來表達，就好比國人不習慣使用片語式的英文一樣，雖然意思到了，卻不夠道地。以下是正確的答案：

1. （錯誤）I can't stay anymore.
   → "stay"表示「停留」，這句話是「我再也無法停留」，與情境不符。
2. （正確）I can't stand anymore.
   → "stand"除了是「站立」之外，也有「忍受」的意思，所以是正確的常用語法。
3. （錯誤）I can't go anymore.
   → 這一句翻譯為「無法前進」或是「無法過去」，與情境不符。

公車真是不好等！

Here comes my bus.

我等的公車來了。

★【說明】：

當你等待的某人或某物出現時，你應該怎麼

表達？在中文會說「…來了！」那麼英文該如何說呢？

前面曾經介紹過"Here you are"，表示「給你」的意思，給您一個提示，這裡的中文「某人或某物來了」和"Here you are"很類似，但用法卻是不同。

★【最常犯的英文錯誤】

假設一個狀況，你和朋友恰巧在公車亭相遇，兩人就這麼開始聊天，聊到一半時，你等的公車來了，該怎麼告訴你的朋友「我等的公車來了」？以下哪一句是正確的？

1. (　) There is my bus comes.
2. (　) Here my bus comes.
3. (　) Here comes my bus.
　　　我等的公車來了。

★【糾正英文錯誤】

前面已經提過了，"Here you are"很類似，卻是不同表示法，直接先來看答案吧：

1. （錯誤）There is my bus comes.
    → 雙動詞錯誤，也不可能使用"there…"的句型。

2.（錯誤）Here my bus comes.

　→ 錯誤的文法，here 放在句首時，通常使用倒裝的語法。

3.（正確）Here comes my bus.

　→ 請記住，"Here comes my…"是慣用語法。

在英語中，當 here 或 there 放在句首時，通常使用倒裝的語法，例如：

☑ There goes the bell.（倒裝句）
　鈴響了。

☑ Here comes David.（倒裝句）
　大衛來了。

但是，如果主詞是人稱代名詞(he/she/it/they/you)，則不能使用倒裝語法，例如：

☑（錯誤）Here comes he.（倒裝句）
　他來了。

☑（正確）Here he comes.（非倒裝句）
　他來了。

見過面就認識囉！

How did you meet David?

你和大衛怎麼認識的？

★【說明】

在建立人際關係的過程中，最重要的莫過於認識新朋友，並建立新的人際關係，其中當然也包括寒暄的手段。根據統計，寒暄的話題中，以「你認識某某人嗎？」最熱門，不但可以很快地建立彼此的話題，並進而提高認同感和接受感，例如：

A：Have you ever met David?
　　你認識大衛嗎？

B：Yeah. He is one of my students.
　　認識。他是我的一個學生。

（註：met是meet的過去分詞）

★【最常犯的英文錯誤】

在寒暄的過程中，當知道對方也認識某人時，你就可以進一步答腔：「那麼你是如何認識他/她的呢？」再來測驗一下，根據上面的情境，以下哪一句是正確的？

1. (　　) How did you know your wife?
2. (　　) How did you meet your wife?
3. (　　) How did you see your wife?
　　　　你如何認識你的太太？

★【糾正英文錯誤】

當你要說明和某人認識的過程時，你會用哪一個單字？第一個想到的應該是"know"這個單字吧？"know"表示「認識」、「知道」的意思，例如：

☑ I know this guy.
我認識那個傢伙。

☑ Do you know of any good restaurants?
你知道有什麼好餐廳嗎？

但若是使用在「如何認識某人」情境中，則多半使用"meet"這個單字。"meet"除了是「見面」的意思之外，使用在介紹的場合時，中文則翻譯為「認識」，而非使用"know"，例如：

☑ I want you to meet my parents.
來認識一下我的父母。

所以上述的測驗中，應該是以"meet"為第一優先的動詞選擇：

1.（錯誤）How did you know your wife?

　→ 雖然文法、情境上沒有問題，但這樣的場合還是以meet較為常用。

2.（正確）How did you meet your wife?

　　→ 這是一句常見的聊天搭訕用語。

3.（錯誤）How did you see your wife?

　　→ see是「看見」的意思，和情境不符。

雙胞胎也不會一模一樣

She is different from Maggie.

她和瑪姬完全不同。

★【說明】：

縱使是雙胞胎，也會有不同的地方，不可能完全一模一樣。這兩這之間的不同（difference）也造就了每個人獨一無二的個體，例如：

☑ What's the difference between Eric and you?

艾瑞克和你之間有什麼不同？

☑ We try to teach the kids the difference between right and wrong.

我們試著教導孩子們對與錯的不同。

那麼若要強調兩者的不同時，該如何表示？

★【最常犯的英文錯誤】

Emily 和Maggie是雙胞胎姊妹，話雖如此，但是親友們都能認得出她們的不同，因為兩人的外貌不同的：

☑ They look different.

他們看起來是不同的。

也可以這麼說，除了同一天生日之外，Emily和Maggie兩人「根本是完全截然不同的」，這句話該怎麼形容呢？以下哪一句是正確的？

1. (　) Emily is different than Maggie.
2. (　) Emily is different with Maggie.
3. (　) Emily is different from Maggie.

★【糾正英文錯誤】

"different"是"difference"的形容詞，表示「不

同的」、「有差異的」，最常在兩者之間作比較時使用，例如：

☑ You know what? We're different.
　你知道嗎？我們是不同的。

- -

　　"different"最見見的片語是"be different from …"表示「…和…之間是不同的」。

句型架構

　be different from…
　與…不同

☑ Your method is different from mine.
　你的方法與我的不同。

☑ This book is different from that one in color.
　這本書與那本書的顏色不同。

- -

　　現在來看看哪一句是正確的答案：

1. （錯誤）Emily is entirely different than Maggie.
　→ 很少會用different than的句型。

2. （錯誤）Emily is entirely different with Maggie.
　→ 中文雖然是「…和…不同」，但英文可不能加上"with"的用法。

3.（正確）Emily is entirely different from Maggie.
→ "be different from…"是固定用法，千萬不可
忘記。

時間久了就習慣

You'll soon get used to it.
你會習慣的。

★【說明】

　　人是習慣性的動物，往往會有一些行為模式
是可以被預期的，這樣的狀況就是我們所說的「習
慣於…」，例如有人習慣早上起床後喝一杯咖啡、
飯後抽一根菸，或是習慣每年都要出國度假…等，
都是一種習慣性的行為模式。

★【最常犯的英文錯誤】

　　當你在一個地方生活久了，會產生一種依賴
的心理，如果驟然改變居住環境，往往會有不適
應的問題產生，特別是年紀較大的年長者。當某

人習慣在某地的生活時，往往表示他會不習慣在其他地方的生活，針對這個情境，以下哪一句是正確的？

1. (　) He hasn't got used for life in Taipei.
2. (　) He hasn't got used with life in Taipei.
3. (　) He hasn't got used to life in Taipei.
   他還不習慣台北的生活。

★【糾正英文錯誤】

首先我們先來瞭解「習慣」這個單字，最常見的用法是和"used"有關：

> **句型架構**
>
> get used to...
> 習慣於…

"get used to"意思是「變得習慣於…」，這裏的"to"是介係詞，後面要接名詞、代詞或動名詞，例如：

☑ She got used to living alone after her husband died.
  自從她的丈夫死後，她習慣了獨自生活。

☑ We get used to working hard.
  我們習慣辛勤的工作。

所以上述的測驗很清楚，在"get used to"中，一定要使用"to"當介係詞：

1. （錯誤）He hasn't got used for life in Taipei.
2. （錯誤）He hasn't got used with life in Taipei.
3. （正確）He hasn't got used to life in Taipei.

嫁給我好嗎？

They got married in 2018.

他們是 2018 年結婚的。

★【說明】

　　結婚是人生的大事，特別是在今年建國百年的氛圍之下，相信會有更多人會搶著在今年完成終身大事。現在我們先來瞭解一下和結婚有關的單字："marry"，表示動詞「結婚」，例如：

☑ He is going to marry Susan.
　 他將與蘇珊結婚。

☑ He married Susan last month.
他上個月和蘇珊結婚了。

★【最常犯的英文錯誤】

　　如果你要向他人介紹你的婚姻狀況，通常你可以先說明自己結婚的時間，那麼以下哪一句是正確的？

1. (　　) I got married Tim in 2018.
2. (　　) We got married in 2018.
3. (　　) We got marry in 2018.
　　　　我們是2018年結婚的。

★【糾正英文錯誤】

　　前面說過"marry"表示動詞「結婚」，除了上述的例子之外，最常使用的片語是：

句型架構

get married

結婚

　　必須將"marry"改為"married"使用：例如：

☑ We plan to get married next June.
我們計畫明年六月結婚。

☑ Let's get married.
我們結婚吧！

所以上述的測驗答案很清楚：

1. （錯誤）I got married Tim in 2018.
   → 若是特指「和某人結婚」要使用"marry + someone" 的片語。

2. （正確）We got married in 2018.
   → 單純指「結婚」的行為，就可以用"get married"

3. （錯誤）We got marry in 2018.
   → get marry 是雙動詞的錯誤用法，正確用法必須是"get married"

★【衍生用法】

常見的求婚情境中，向對方說「嫁給我」或是「娶我吧」，英文都可以用一句話表達：

☑ Merry me.
我們結婚吧！

★【特別注意】

小心喔，可別誤會「結婚」是"Merry Christmas"中的"merry"（形容詞，表示「快樂的」），正確拼法應該是是"marry"，例如：

A：Are you married?

B：Yes, I am.

（註：married是marry的過去分詞）

「我以為…」就不是事實

I thought he was mad at me.

我以為他在生我的氣。

★【說明】

中文常會說：「我以為…」，表示現在的事實和你的預期是不一樣的，例如當你以為暗戀的對象對方是個風情萬種的成熟女子時，卻發覺對方只是個年輕的少女時，你就可以說：「我以為你已經30歲了」，同樣的情境，在英文要怎麼表示呢？

★【最常犯的英文錯誤】

針對上述的情境，當你發現事實與所預期的狀況不相符時，英文該如何表示？「我以為你卅歲了」以下哪一句是正確的？

1. (   ) I think you were 30 years old.
2. (   ) I thought you are 30 years old.
3. (   ) I thought you were 30 years old.

★【糾正英文錯誤】

正確答案應該是第三句：

1.（錯誤）I think you were 30 years old.
2.（錯誤）I thought you are 30 years old.
3.（正確）I thought you were 30 years old.

I thought ...「我以為……」是慣用說法。當某事與預期中不相符時使用，後面的子句必須用過去式表示，例如：

☑ I thought they were your parents.
　我以為他們是你的父母。

（事實上他們不是你的父母）

☑ I thought she didn't come back.
　我以為她沒有回來。

（事實上她有回來）

反話人人會說

Things couldn't be better.

事情再好不過了。

★【說明】

親職教育中，最常告誡父母的，便是「不要說反話」。何謂「反話」？舉例來說，當幼童做錯事時，父母常常會說：「看你做的好事！」聽在語言發展使用上尚未純熟的幼童耳裡，他們會搞不清楚：「既然是好事？怎麼感覺被罵？」導致他們搞不清楚到底有沒有做錯事。

★【最常犯的英文錯誤】

以上述的句子「看你做的好事！」來說，英文沒有這個困擾，因為英文叫做"Look what you have done."，意思就非常清楚。但是和上述中文類似的反話例句也不少，舉例來說，當朋友問候你過得好不好時，中文可以說「事情再好不過了」，英文該怎麼說呢？以下哪一句是正確的？

1. (　) Things can't be better.
2. (　) Things could be better.
3. (　) Things couldn't be better.
　　　事情再好不過了！

★【糾正英文錯誤】

到底「事情再好不過了」該用什麼語句呈現呢？是否定句還是肯定句？其實你不用思考這個問題，這句話在英文中有慣用語："couldn't be better"，這種否定形式接形容詞的比較級句型常常表示「極端」，表示「再好不過」的意思。

所以正確答案應該是：

1.（錯誤）Things can't be better.
　　→這句話是「事情不會太好」的意思，與情境不符。
2.（錯誤）Things could be better.
　　→這句話表示「事情可能會更好」的意思，與情境不符。
3.（正確）Things couldn't be better.
　　→正確說法，主詞things可以視情境做不同的主詞更換。

★【衍生用法】

類似這種反話的例子，在英文中還有：

☑ I can't thank you enough.
   太感謝你了!

☑ Thanks to you.
   都是你造成的!

不用張大眼睛看

Look!
聽我說!

★【說明】

就國人學習英文的程度來說,必學的1000的單字中,一定有"look"這個單字,您一定知道這個單字表示動詞的「看」,例如:

☑ What are you looking at?
   你在看什麼?

當然"look"這個單字也可以當作是名詞「看」、「外表」、「表情」的意思,例如:

☑ Don't give me a look like that.
   不要再用那個表情看我。

☑ He has the look of a winner.
他有一付勝利者的樣子。

★【最常犯的英文錯誤】

有了以上的概念後，您猜猜看，以下哪一句是正確的？

1. (　　) Look! We have to come home right now.
2. (　　) Go! We have to come home right now.
3. (　　) See! We have to come home right now.
聽我說，我們現在得回家了！

★【糾正英文錯誤】

"look"除了上述和「看」有關的解釋之外，在口語化英語中，當出現"Look!"在句首時，並不是要讓對方「看」，而是引起對方注意的一種語助詞，例如：

☑ Look! Maybe we can try this way.
嘿，也許我們可以試試這個方法。

☑ Look! Don't blame yourself. It's not your fault.
聽著，別責怪你自己。不是你的錯。

所以上述的測驗中，答案很清楚：

1. （正確）Look! We have to come home right now.

→ 引起對方注意、仔細聽的意思。

2.（錯誤）Go! We have to come home right now.
　→ 文法是正確，但和本文情境不符。

3.（錯誤）See! We have to come home right now.
　→ 這裡並沒有要對方真的「看」的動機。

❶
❸
❶

誰說一定會「再見」？

See you next time.
再見囉！

★【說明】

　　當你要用英文表達「再見」時，最普遍的用法一定是"Bye!"，而中文也衍生出這種外來語式的中文表達方式：「拜拜！」，例如：

A：I really have to go.
B：Sure. Bye!
A：Here comes my bus. Good-bye.
B：Take care. Bye.

那麼除了上述這種"Bye!"或是"Good-bye"的用法之外，還有其他表達「再見」的方式嗎？

★【最常犯的英文錯誤】

針對上述「道別」的情境，以下哪一組對話是正確的？

1. (　) A：See you next time.
　　　　 B：When?

2. (　) A：See you next time.
　　　　 B：Bye!

★【糾正英文錯誤】

在英文中，表示「再見」的方式有許多種，"see you next time"是單純「再見」的意思，並不一定表示兩人已約好下次見面的時間了，所以下次聽見對方說"see you next time"時，可別會錯意以為雙方還有約而追問對方："When？"（什麼時候）

★【衍生用法】

所以上述的測驗中，B應該要回答的是「再見」的情境，相同情境中，可以使用的回應有以下幾種：

☑ See you!
☑ Talk to you later.
☑ See you later!

☑ Bye.
☑ Good-bye.

「搭便車」真方便！

Let me give you a lift.

我可以讓你搭便車！

★【說明】

在國外，「搭便車」是非常普遍的，特別是在美國，你只要用拇指指著要去的方向，通常很容易就可以搭到便車，這對到美國自助旅行的人來說是非常方便的，但是在人生地不熟的國家，還是要特別注意自身的安全！

★【最常犯的英文錯誤】

以下提供「搭便車」的用法，哪一句是正確的？

1. (　) Let me give you a lift to school.
2. (　) Let me send you a lift to school.
3. (　) Let me buy you a lift to school.

★【糾正英文錯誤】

　　在上述的測驗中，你只要記住，「提供對方搭便車」的片語是"give sb. a lift"就可以了：

1. （正確）Let me give you a lift to school.
2. （錯誤）Let me send you a lift to school.
3. （錯誤）Let me buy you a lift to school.

　　"lift"表示「抬起」之意，但是"give sb. a lift"可不是「幫對方抬起」，而是而「讓人搭便車」的意思，這裡要強調的是「搭某人的順風車」，而非刻意開車過去的意思，例如：

☑ Could anybody give me a lift there and back?
　　有沒有人能送我過去和回來？

☑ Can I give you a lift to school?
　　需要我讓你搭便車上學去嗎？

　　除此之外，同樣意思表達「讓人搭便車」還有"give sb. a ride"的用法：

☑ Would you give me a ride to the mall?
　　可以讓我搭便車到商場嗎？

★【衍生用法】

　　"give sb. a lift"也有「助人一臂之力」之意。

沒有幫助還是要道謝

Thank you just the same.

還是謝謝您！

★【說明】

當你接受對方的協助後，理當向對方道謝，「道謝」的說法有很多種，最常見的有以下幾種：

- ☑ Thank you.
- ☑ Thank you so much.
- ☑ Thanks.
- ☑ Thanks a lot.

但是若對方很願意幫忙，但實在是力不從心而無法提供協助，是否還是應該向對方道謝呢？又該如何表達呢？

★【最常犯的英文錯誤】

在以下對話中，A的回答應該是下列哪一個？

問題：

A：How can I arrive at Red Star Cinema?

B：Oh, sorry, but I'm a stranger here, too.

A：＿＿＿＿＿＿＿＿＿＿＿＿＿＿＿＿＿

解答

1. Thank you just the same.
2. Thank you so much.
3. You're welcome.

★【糾正英文錯誤】

在上述的對話中，A尋求指引方向，B回應因為不是當地人，所以無法指引，那麼A還是要向B道謝，就不是可以單純地用"Thank you"表示，而可以表示「還是得要謝謝你」的回應，英文就可以說"Thank you just the same."這是在說話人沒有得到（或不需要）對方的幫忙時所回應的客套用語。

★【衍生用法】

針對不只是單純道謝的用法，還有以下幾種方式：

☑ Thank you again.
再次謝謝你！

☑ Thank you anyway.
總之還是謝謝你！

☑ Thank you for everything.
這一切都要謝謝你！

☑ Thank you for what you've done to me.
　謝謝你為我所做的一切！

人人都想早點下班

I just got off work 1 hour ago.
我一個小時前才下班。

★【說明】

　　現在的職場似乎「加班」已經成為一種慣例了，好像沒有加班就代表不認真上班，但是因為過勞死的例子層出不窮，所以許多企業也倡導，希望員工能夠在工作時間內完成工作，盡量不要加班。老實說，哪一個上班族會願意加班呢？您是不是也最期待每天的下班時間呢？您知道「下班」在英文怎麼說嗎？

★【最常犯的英文錯誤】

　　現在許多人力資源管理公司都在教導職場員工做好工作規劃，期待用最有效率的工作方法在工作時間內就可以完成工作，許多上班族一定也很希望知道「我今天如何才能早一點下班呢？」考考您，這一句英文該怎麼說呢？

1. ( ) How can I go off work early today?

2. ( ) How can I come off duty early today?

3. ( ) How can I get off work early today?

★【糾正英文錯誤】

「下班」顧名思義就是「從工作中離開」，依照這個概念，就可以輕易地記住"get off work"的片語，例如：

☑ I want to get off work early.
我想要早一點下班。

★【衍生用法】

每一位上班族都希望可以早一點下班，不過因為許多企業為了精簡人事，經常遇缺不補，造成一人多工的狀態，所以許多人必須「晚一點下班」，英文就叫做"get off work late"，或是得要「加班」（work overtime），例如：

☑ Do you have to get off work late?
你得要晚一點下班嗎？

☑ I always work overtime.
我總是在加班。

有同伴不寂寞

We have company.

有人來了！

★【說明】

　　中國人常說：「禮多人不怪」，表示應該多多注重人際關係之間的禮儀。比方說若要打斷正在談話的兩人時，應該先向雙方說一聲"Excuse me"，表示「抱歉打擾了！」若是一群人正在談話，你和某個人要先暫時離席，則可以告訴其他人："Would you excuse us?"以上都是打斷談話的方式。

★【最常犯的英文錯誤】

　　那麼當你和人正在討論事情時，正好有一個你認識的人出現，你要提醒對方這個人的現身時，在中文當中你往往會說：「有人來囉！」或「我們有個伙伴要參加入囉」的意境時，此時在英文該怎麼表示呢？以下的句子哪一句比較適合？

1. ( ) We have a friend.

2. ( ) We have someone.

3. ( ) We have company.

★【糾正英文錯誤】

首先我們先來看第一句："We have a friend." 文法上沒有錯誤，但在情境上卻沒頭沒尾的，不符合「有人來囉！」的情境。而第二句："We have someone." 也不知道為何要說"someone"。惟有第三句："We have company." 清楚地表達「某人出現可以加入我們」的意思。

"company"雖然是「公司」的意思，但也有另一個解釋，表示「同伴」、「朋友」、「客人」的意思，例如：

☑ We have company coming for dinner.
我們有客人要來晚餐。

☑ I'll keep you company.
我會陪你。

過世和暈倒大不同

He passed away.
他過世了。

★【說明】

"pass"這個單字是英文初學者一定會學到的動詞，通常解釋為「經過」、「通過」的意思，例如：

- ☑ A car passed us doing 70 miles per hour.
  一輛車以時速七十公里經過我們。

- ☑ I was just passing by and stopped to say hello.
  我順道經過來打個招呼。

除此之外，還有另外兩種常見的解釋：

1. （考試等）及格

- ☑ He passed in English, but failed in Janpanese.
  他英語考試及格了，但是日語卻沒有及格。

☑ The professor said that if I passed the
   final exam, she'll pass me.
   教授說如果我期末考及格，她就會讓我及格。

2. （法案等）批准

☑ The bill finally passed.
   法案最終通過了。

☑ The bill passed unanimously.
   這個法案全體無異議通過。

★【最常犯的英文錯誤】

這麼好用的"pass"怎麼會只有這幾種解釋呢？好友來電告知，他的祖母昨天晚上過世了，你當然會安慰他囉，以下的對話哪一個是正確的？

1. (　) A：My grandmother passed away
             last night.

        B：Sorry to hear that.

2. (　) A：My grandmother passed out
             last night.

        B：Sorry to hear that.

★【糾正英文錯誤】

同樣都是"pass"的常用片語，但是"pass away"和"pass out"的意思可是大不同。如何分辨這兩者的不同呢？可以這麼記憶："away"表示「離開」，想像這是「生命離開」，所以"pass away"是指「死亡」的意思，例如：

☑ The old man passed away peacefully.
　老人安詳地去世了。

而"out"可以表示為「出去」，想像這是「靈魂出竅」，所以是「暈過去」的意思，表示生命還會回來的喔！，例如：

☑ He passed out from the heat.
　由於高溫他暈了過去。

所以上述情境測驗的正確答案應該是1：

A：My grandmother passed away last night.

B：Sorry to hear that.

說走就走吧!

Shall we?

我們可以出發了嗎?

★【說明】

前面單元提過,若是shall為首的疑問句,通常表示「詢問意見」的意思,是一種禮貌性的用語,這裡要教您另一種常用的問句,也是婉轉的問句,但是和「詢問意見」完全沒有關係。

★【最常犯的英文錯誤】

當你和另一個人準備一起出門,但是對方卻一直沒有動身的意思,似乎還在拖拖拉拉,此時你不確定是不是應該到了要出門的時間時,就可以提出你的疑問:「我們可以出發了嗎?」那麼在英文中應該怎麼說呢?

1. (　) Can we go?

2. (　) Shall we?

3. (　) Will we go?

★【糾正英文錯誤】

在上述的三個問句中,都沒有文法錯誤的問

題，而是單純就問題「我們可以走了嗎？」做出選擇，那麼最適合的答案應該是第二句。因為第一句雖然也符合情境，但美國人通常會選擇較為簡單的說法，而不會直接問"Can we go?"，至於第三句，"Will we go now?"則表示「我們會走嗎？」和情境不符合。

★【延伸用法】

類似這種詢問對方「我們可以出發了嗎？」的問句，以下的例子可以供您參考：

☑ A：Shall we?
  我們可以出發了嗎？

  B：I'm not ready yet!
  我還沒準備好。

☑ A：Shall we?
  我們可以出發了嗎？

  B：Sure. Let's go.
  好啊！走吧！

借了電話就不會還

May I use your phone?

可以借我用你的電話嗎？

★【說明】

在人際關係緊密的現代中，每個人可能都有需要他人提供協助的時候，有的時候可能是金錢，亦或是其他無形的協助。本單元我們要談的是「借」的這個行為。

★【最常犯的英文錯誤】

在中文當中，你可以向對方「借」的標的物非常多，舉凡金錢、物品、人、時間等，都可以用「借」這個動詞。那麼在英文當中，也是如此的嗎？例如中文「借我用你的電話」要求，以下的問句哪一句才是正確的？

1. (　) May I borrow your phone?
2. (　) May I have your phone?
3. (　) May I use your phone?

★【糾正英文錯誤】

先來解釋英文當中「借」的這個動詞"bor-row"，一般說來舉凡是物品、金錢等，都可以用"borrow"這個單字，例如：

☑ May I borrow your book?
　我可以借你的書嗎？

☑ How much have you borrowed from him?
　你向他借了多少錢？

但是中文所謂的「借我一點時間」或是「借一步說話」，則是不可以用"borrow"，而是說："Do you have a minute?"表示「你有空嗎？」若是只「借一步說話」，則可以簡單地向第三者說："Will you excuse us?"表示你要和另一個人先離開。

再來看看以上的測驗，正確答案是：

1. （錯誤）May I borrow your phone?
　→「借電話打」不可以用"borrow"這個動詞單字。

2. （錯誤）May I have your phone?
　→ "have"是指「擁有」，這裡只是要「借用」，所以是錯誤的。

3.（正確）May I use your phone?

→「借用電話」在英文中是慣用的說
法："use phone"（打電話），所以「借
用電話」就叫做"May I use your phone?"

找不找零錢自己決定

Keep the change.

不用找零了。

★【說明】

食衣住行少不了會與各行業的從業人員接
觸，若是對方服務令你滿意，你可以直接給予金
錢的回饋，根據統計，小費是這些從業人員日常
薪資的一部分，所以可不能輕忽小費所扮演的角
色哦！

★【最常犯的英文錯誤】

若是要告知對方「不用找零」，表示要對方
收下剩下的零錢，可以當成小費感謝對方提供的
服務，這時候你應該怎麼說呢？下列哪一句是正

確的？

1. (　) Hold the change.

2. (　) Have the change.

3. (　) Keep the change.

4. (　) Keep the changes.

★【糾正英文錯誤】

　　在美國無論是在餐廳吃飯、住飯店、訂外送餐點、搭計程車、代提行李、代客泊車…，很多消費都是需要給小費(tipping)。你也可以直接在對方找你零錢時，取走紙鈔而留下零錢（change），此時就是暗示對方要給他/她小費，也可以直接告訴對方「不用找零」，正確說法就是"Keep the change."，例如：

　　A：How much is it?
　　　　多少錢？

　　B：It's ninty eight.
　　　　九十八元。

　　A：Here you are. Keep the change.
　　　　給你。不用找零了。

　　要特別注意，"change"不可以用複數"changes"表示，所以正確答案如下：

　　1.（錯誤）Hold the change.

　　　　→ 為何要「拿著」零錢？所以用"hold"是

語意不清。

2. (錯誤) Have the change.
   → "have"是指「擁有」,雖然好像正確,但此處零錢是主動提供給服務者,表達「擁有」也不恰當。

3. (正確) Keep the change.
   → 是屬於慣用語用法,表示「零錢你就留著吧!」

4. (錯誤) Keep the changes.
   → 不可以用"changes"表示,一定要用"change"。

「想不想要」很重要

Would you like some tea?

你想喝些茶嗎?

★【說明】

"would you +原形動詞…"是屬於詢問對方是否願意提供協助的禮貌性語句,本單元要介紹的則是"would you like…"的句型，雖然句型架構很相似，但是多了一個"like"意思可就不太一樣喔！"would you like…"的句型比較像是詢問對方「是否想要做某事」或「是否想要擁有某物的意思」，例如：

☑ Would you like some cakes?
你想吃些蛋糕嗎？

☑ Would you like a cup of coffee?
你想喝杯咖啡嗎？

☑ Would you like to go with us?
你想和我們一起去嗎？

☑ What would you like to have?
你想吃什麼？

★【最常犯的英文錯誤】

　　"would you like…"也是屬於禮貌性的詢問語句，和"would you＋原形動詞…"相比，多了一個"like"，那麼在用法上有什麼不同嗎？先來測驗一下您對以下句子的瞭解程度，下列哪一句是正確的？

1. (　　) Would you like join us?
2. (　　) Would you like joining us?
3. (　　) Would you like to join us?

你想加入我們嗎？

★【糾正英文錯誤】

"would you like…"是慣用語句，不是詢問對方「願不願意」，而是有關「是否想要」的欲望性語句：

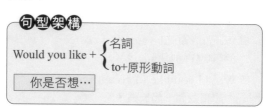

句型架構

Would you like + { 名詞 / to+原形動詞 }

你是否想…

這裡的"like"是動詞，解釋為「想要」、「願意」意思，後面可以直接加名詞或是"to＋原形動詞"，例如：

☑ Would you like some juice?
你想喝一些飲料嗎？

☑ Would you like to buy some shirts?
你想買一些襯衫嗎？

所以可以很明顯地判斷出對錯：

1.（錯誤）Would you like join us?
　→ like 是一般動詞，所以後面不能直接加原形動詞。

2. （錯誤）Would you like joining us?
   → "Would you like ＋ to ＋原形動詞"是正確用法，後面不可以加動名詞。

3. （正確）Would you like to join us?

★【特別注意】

上述例句中的"Would you like some juice?"，雖然沒有「喝」的動詞，但是中文卻可以解釋為「你想喝一些飲料嗎？」是因為"would you like…"這個慣用語本身就含有「喝」、「吃」、「擁有」的意思，所以往往可以省略 "like"後面的動詞，而直接加上名詞。

「太多」有兩種

Don't eat too many sweets.
不要吃太多甜食。

★【說明】

在中文裡，「太多」可以形容所有的物質，

例如「你吃太多甜食」、「你看太多電視」、「太多吵雜聲會影響我唸書」…。但是在英文中，"too many"和"too much"都表示「太多」的意思，都是形容名詞的修飾語。

★【最常犯的英文錯誤】

雖然"too many"和"too much"都表示「太多的」，但是所修飾的名詞卻是不同的，以下哪一句是正確的？

1. (　) Don't give those plants many water.
2. (　) Don't give those plants too many water.
3. (　) Don't give those plants too much water.

　　　不要給那些植物澆太多水。

上述的many或mach都是為了修飾後面的名詞而存在的，後面的名詞只有"water"（水），那麼英文的「水」是屬於可數或不可數名詞呢？

★【糾正英文錯誤】

首先您得先知道，"many"和"much"所修飾的名詞有何差別。

1. many 修飾「可數名詞複數」，表示「許多」，例如：

☑ He has many friends.

他有許多朋友。

2. much 修飾「不可數名詞複數」，表示「量化」或「程度」，例如：

☑ Don't drink so much wine.
不要喝太多酒紅酒。

那麼您現在知道上述的例子中，哪一句是正確的嗎？

1. （錯誤）Don't give those plants many water.
   → "water"是屬於「不可數名詞」，不可以用"many"來修飾。

2. （錯誤）Don't give those plants too many water.
   → 和上句一樣，"too many"表示「太多」，也是形容可數名詞。

3. （正確）Don't give those plants too much water.
   → "too much"表示「太多」，可以用來形容不可數名詞"water"。

類似這種"too much"或"too many"的句子您可以多多參考：

☑ I wear too many clothes today.
我今天穿太多衣服了。

☑ Don't spend too much time.

不要花太多時間。

☑ There is too much work for me.
我的工作量太大了！

★【衍生用法】

要特別注意的是，"too much"後面不一定要加名詞，也可以表達「太多」或「超過」的意思，通常是副詞的詞性，例如：

☑ Don't scold too much.
不要老是罵人！

☑ You talk too much.
你太多話了！

「馬鈴薯人」長什麼樣子？

He is a couch potato.
他成天看電視看個不停。

★【說明】

每天下班回到家後，你最常做的是什麼事？如果是職業婦女，可能會忙著處理晚餐、整理家裡，那如果是男性呢？最常見的景象是不是是坐在電視機前面看電視呢？這種人在英文中有一種專門說明的名詞喔！

★【最常犯的英文錯誤】

大衛就是屬於上述的人，不但一回家就坐在沙發上看著電視，有時還會抱著一桶爆米花或冰淇淋獨自享用呢！這種類型的人，是不是會讓你聯想起一種農作物呢？下列哪一句是正確的？

1. (　) Dvaid is a window potato.

2. (　) Dvaid is a couch tomato.

3. (　) Dvaid is a couch potato.

★【糾正英文錯誤】

有一種人，只要一下班回到家，就會黏在電視機前面，似乎其他的事都不重要了，這種人就叫做"couch potato"，是一種俚語用法，也可以表示「是一個極為懶惰的人」。

至於為什麼是用"couch"呢？因為"couch"是指「沙發」，就好像把馬鈴薯種在沙發上一樣，所以稱為"couch potato"，例如：

☑ My father becomes a couch potato during baseball season.

在棒球賽季期間，我的父親成天坐在沙發上看電視。

☑ He is such a couch potato on weekends.
一到週末他就成天看電視看個不停。

所以顯而易見，上述的答案如下：

1.（錯誤）He is a window potato.
→ 沒有 window potato 的說法。

2.（錯誤）He is a couch tomato.
→ 沒有 couch tomato 的說法。

3.（正確）He is a couch potato.
→ 特指「成天躺著或坐在沙發上看電視的懶人」，所以是"couch potato"。

★【特別注意】

既然提到"potato"，順便再記憶一下，"potato"的複數變化型為"potatoes"，可別搞混寫成potatos，類似的單字還有：

中文	單數	複數
蕃茄	tomato	tomatoes
英雄	hero	heroes

黑眼圈和黑色眼珠是不同的

a black eye
黑眼圈

★【說明】

　　就東方人來說，眼珠的顏色幾乎都是黑色的，但是西方人就不同了，除了黑色之外，還包括藍色、綠色、褐色…，對於西方社會來說，會因為眼珠的顏色不同而衍生不同的需求，像是某些較為隱私的個人資料欄位中，可能會出現要填寫「眼珠顏色」的欄位，那麼「黑色眼珠」該怎麼說呢？

★【最常犯的英文錯誤】

　　如果你是亞洲人，那麼你的眼珠照理來說是黑色的，當你要自我介紹時，「我的眼珠是黑色的」這句話英文該怎麼說？

　　1. (　　) I have dark eyes.

　　2. (　　) I have black eyes.

　　雖然"dark"和"black"都是黑色的意思，但是說明眼珠顏色時，還是有所不同的，到底是"dark

eyes"或是"black eyes"呢？

★【糾正英文錯誤】

"dark eyes"是指「深色眼珠」的意思，單純地指眼球瞳孔的眼色，而中文直譯下的"black eyes"則不是指眼珠眼色，在英文中，"black eyes"是指因為外力等原因引起的在眼窩的傷害，也就是「黑眼圈」的意思，例如：

☑ She gave David a black eye.
  她把大衛打成黑眼圈。

所以您知道上述的測驗的正確答案了吧！

1. （正確）I have dark eyes.
   → "dark"是指深色或黑色，也可以說"dark brown"（深褐色）。
2. （錯誤）I have black eyes.
   → "black eyes"是指「黑眼圈」的意思，任何人只要眼睛周圍受到外力傷害，都有可能會引起"a black eye"。

★【衍生用法】

另一種和黑色有關的名詞則是"black coffee"（黑咖啡），也就是不加糖或奶精的咖啡，因為是純黑色的，所以稱為"black coffee"。

還有一種東方常見的飲料「紅茶」，英文則不是"red tea"，而是"black tca"，例如：

☑ I'd like to order black tea.
我要點紅茶。

「情不自禁」和幫忙無關

I can't help it.
我就是情不自禁。

★【說明】

人的情緒是很微妙的化學變化，有時你明明知道不該這麼做，但是就是克制不了自己，這種自我約束的心理情緒值得你我好好學習的。

★【最常犯的英文錯誤】

當男生看見心儀的女孩子時，一定會情不自禁地看著對方，此時，「我情不自禁」該怎麼說？以下哪一句是正確的？

1. (　) I can't refuse it.

2. (　) I can't do it.

3. (　) I can't help it.

我就是情不自禁。

★【糾正英文錯誤】

如同先前所提過的，英文有趣之處是在於字面所衍生的意思，以"help"為例，除了是「幫助」之外，還有「抑制」的層面，所以「情不自禁」就叫做"can't help it"：

1. （錯誤）I can't refuse it.
   → "refuse"表示「拒絕」，但是「我無法拒絕」是指什麼？沒有特別說明，也和「情不自禁」無關。

2. （錯誤）I can't do it.
   → 不能怎麼做？這句話語意不清。

3. （正確）I can't help it.
   → 除了表示「情不自禁」，也有「無法自拔」的意思。

★【衍生用法】

"can't help"也可以用動名詞當"help"的受詞：

句型架構

s＋can't/couldn't＋動名詞

☑ I can't help thinking about her.

我情不自禁地思念她。

★【特別注意】

「情不自禁」可以用"can't"或"couldn't"當助動詞,但是不能以"don't"當助動詞,意即不能說成"I don't help it."。

忙到無法接電話

His phone is busy.

他正在電話中。

★【說明】

不論中西方,「電話禮儀」都是很重要的,當你接起電話的那一刻,不論是否是要找你的電話,中文會說「你好」,英文則會說"Hello",這都是電話禮儀的一部份!例如:

A:Hello?
　　喂?
B:Hi, David?

嗨,大衛嗎?

A:Hi, Maggie! What's up?
嗨,瑪姬。有事嗎?

若是接起電話後,發覺對方不是要找你,而是另外的第三者時,你就可以請對方"Wait a moment.",再請第三者來聽電話就可以了!例如:

A:Hello?
喂?

B:Hi, may I speak to David?
嗨,我可以和大衛講電話嗎?

A:Sure. Wait a moment, please.
好的!請稍等。

★【最常犯的英文錯誤】

若是你代為接電話時,但是受話方正好在另一線電話中,而無法接這通電話時,你應該如何告訴來電者呢?以下哪一句是正確的?

1. (　) Sorry, his phone is talking.
2. (　) Sorry, his phone is not availale.
3. (　) Sorry, his phone is busy.
　　抱歉,他正在電話中。

★【糾正英文錯誤】

當來電者請你轉接某個分機時,恰巧那個分

機在佔線中,你就可以告訴對方:「線路忙線中」:

> A：Extention 747, please.
>　　請轉接分機747。
>
> B：Sorry, that line is busy.
>　　抱歉,那條線路正在忙線中。

　　注意到了嗎?「忙線中」的英文是用"busy"來說明。"busy"是指「忙碌的」,在美式英文中,還特指「電話線正被佔用的」、「不通的」的意思。所以上述的測驗中,正確答案如下:

1. (錯誤) Sorry, his phone is talking.
　　→ 人可以是用"talking",但電話不會"talking"。

2. (錯誤) Sorry, his phone is not availale.
　　→ 文法沒有錯,但是幾乎不會用"availale"（有空閒的）來說明是否有空電話。

3. (正確) Sorry, his phone is busy.
　　→ 表示受話方正忙著在講另一線的電話。

★【特別注意】

　　關於"busy"這個單字,後面所接的介詞要特別注意:

句型架構

be busy + $\begin{cases} \text{with/at/over} \\ \text{in} \\ \text{詞-ing} \end{cases}$

忙於……

☑ He is busy at work.
他忙著工作。

☑ Maggie is busy with her work.
瑪姬忙於自己的工作。

☑ I am busy writing a novel.
我正忙於寫小說。

「熬夜」很傷身

Don't stay up tonight.

今晚不要熬夜。

★【說明】

根據資料統計，現代人在工作、學業、家庭

…等等壓力下，不論男女老少，普遍都有睡眠不足的現象，其中又以面臨課業壓力的莘莘學子為最嚴重。為了應付念不完的書、寫不完的功課、考不完的試，「熬夜」似乎成了一種常態現象。您知道英文的「熬夜」該怎麼說嗎？

★【最常犯的英文錯誤】

先來測驗一下您對下面句子的瞭解程度，哪一句是正確的：

1. (　) Did you stand up last night?
2. (　) Did you stay up last night?
3. (　) Did you stay awake last night?
　　　你昨晚有熬夜嗎？

上述的句子是不是看起來都好像很合理呢？小心喔，只有其中一句是常用片語「熬夜」的正確用法。

★【糾正英文錯誤】

若就「熬夜」的情境來解讀，可以知道「熬夜」就是「保持不睡」的意思，不論原因為何，到了該就寢的時間還在忙著做某事都可以稱為「熬夜」，也就是「保持著醒著的狀態」，所以「熬夜」就是"stay up"。

為何用"stay"？因為"stay"表示「保持某種狀

態」的意思，例如"stay where you are"（在原處不要動），而"up"則是「醒著」沒有「躺下」（down）的反意。如此一來您就可以知道下列哪一句是正確的了：

1. （錯誤）Did you stand up last night?
   → "stand up"是指「起立」的意思。
2. （正確）Did you stay up last night?
   → "stay up"就是「熬夜」。
3. （錯誤）Did you stay awake last night?
   → 比較少用"stay awake"表示「熬夜」的說法。

「腳痛」也會要人命

My feet are killing me.
我的腳痛得不得了！

★【說明】

人不是鐵打的，生老病死人皆有之，當人不舒服的時候，該怎麼表示呢？在英文中可以表達

的方式相當多,例如:

☑ I don't feel well.

☑ I am not feeling good.

☑ I feel terrible.

整體而言以上都是身體不舒服引起的說法,但是如果是某個部位引起的不適,又該如何表示呢?

★【最常犯的英文錯誤】

舉例來說,如果因為長途跋涉引起的雙腿不適,該怎麼用英文表達呢?以下哪一句是正確的?

1. (　) My feet are killing me.

2. (　) My feet is killing me.

3. (　) My feet torture me.

　　　　我的腳痛得不得了!

★【糾正英文錯誤】

首先先來認識一個單字:"kill",表示「殺」的意思,若是使用在肢體的說明,則可以表示那個部位引起的疼痛是會讓人受不了的,最常見的使用部位是腳,有了以上的提示,您知道上述哪一句是正確的嗎?

1. (正確) My feet are killing me.

　　→ 表示「腳痛到受不了」的意思。

2. (錯誤) My feet is killing me.

　　→ "feet"是"foot"的複數,所以應該用複數的 be 動詞"are"。

3.（錯誤）My feet torture me.
　　→ "torture"是指「虐待」的意思，在英文中沒有這樣的「腳痛」說法。

★【衍生用法】

請注意，"feet"（腳）是複數名詞，而單數名稱為"foot"。類似"feet"的複數名詞用法還包括：

單數	複數	中文
tooth	teeth	牙齒

不能隨便注射針劑

I'll have to give you a shot.

我得幫你打一針。

★【說明】

生老病死人皆有之，當人生病的時候，最常處理的方法便是去「看醫生」，英文就叫做

"see a doctor"，例如：

A：You look sick.
　　你看起來生病了！

B：Yeah. I'm going to see a doctor.
　　是啊！我要去看醫生。

　　如此一來，醫生就會視病情的需要，提供醫療的協助，當然其中也包括是否會施打針劑，那麼「打針」的英文該怎麼說呢？

★【最常犯的英文錯誤】

　　以下三個句子，哪一句才是正確的呢？

1. (　) I'll have to give you a shock.
2. (　) I'll have to beat you a shot.
3. (　) I'll have to give you a shot.
　　　　我得幫你打一針。

　　看起來第一句中的"shock"是指「震驚」的意思，所以不可能和「打針」有關，那麼剩下的第二句和第三句，到底哪一句才是正確的呢？

★【糾正英文錯誤】

　　就字面意思來說，"shot"是"shoot"（射擊）的過去式和過去分詞，「射擊」動作情境和「打針」很類似，所以常見片語"give you a shot"就是指「幫你打針」的意思，通常使用的動詞為

"give"，例如：

☑ The doctor gave him a shot of morphine for pain.

醫生幫他打一針嗎啡抑制疼痛。

（註：gave 是 give 的過去式）

所以答案顯而易見：

1. （錯誤）I'll have to give you a shock.
   → "give you a shock" 和本文的情境不符合。

2. （錯誤）I'll have to beat you a shot.
   → 「打針」的動詞不可以用 "beat"，通常是使用 "give"。

3. （正確）I'll have to give you a shot.
   → "give you a shot" 是「打針」的常用片語。

★【衍生用法】

另一個常見的「打針」的用法是 "make an injection"，例如：

☑ Do I have to make an injection?
   我得要打針嗎？

「遞過去」和「通過」很像喔！

Pass me the bread.

把麵包遞給我。

★【說明】

一般說來，東西方社會都會注重餐桌禮儀（table manners），但是表現的行為可能不同，像是日本喝湯時會發出聲音表示好喝，這種行為在歐美可是大禁忌，而中國人要求吃飯得端著碗吃，在西方社會也是不禮貌的行為，連喝湯時湯匙向內向外舀的順序，東西方都大不同。

★【最常犯的英文錯誤】

在西方餐桌禮儀中，若是你要拿同桌用餐者眼前的食物或物品，千萬記得不能直接伸手拿，而應該請對方遞給你，也許你會認為麻煩對方不好意思，但「請對方遞給自己」也是餐桌禮儀的一種。針對這個情境，以下哪一句是正確的？

1. (　) Have me the salt.

2. (　) Give me the salt.

3. (　　) Pass me the salt.

★【糾正英文錯誤】

上述的三個句子中，have、give、pass 都不是很艱難的動詞單字，分別代表「擁有」、「給予」、「傳遞」的意思。但是到底哪一句才是正確的？答案如下：

1. (錯誤) Have me the salt.
   → have 是指「擁有」，和情境不同。

2. (錯誤) Give me the salt.
   → 這句話在文法、情境似乎沒有錯誤，但英文當中不會這麼使用。

3. (正確) Pass me the salt.
   → "pass someone something" 是常用句型，適用在「傳遞某物給某人」的情境中。

"pass" 是指「通過」的意思，但也有另一種用法。一般說來，不論是否是在用餐的場合，當你希望對方能夠幫你拿某物並遞給你時，都可以使用 "pass" 這個單字：

句型架構

pass＋someone＋something
傳遞某物給某人

☑ Would you pass me the hammer?
可以把榔頭遞給我嗎？

☑ Please pass her the ball.
請把球遞給她。

上車準備出發囉

get in the car
上車

★【說明】

當爸爸急著要上班，又得開車送孩子去上學時，一定希望小朋友不要拖拖拉拉的，但往往事與願違，偏偏小朋友動作老是慢吞吞的，此時即將遲到的父親一定會說的一句話一定是「快點上車」。那麼「上車」的英文該怎麼說？

★【最常犯的英文錯誤】

先提醒您，可別又犯了中文式英文的錯誤，而自作聰明地將「上車」說成 go up car，「上車」可是和 go 一點關係都沒有喔！有了以上的提示，您知道以下哪一句是正確的？

1. (　) Come on, go into the car.
2. (　) Come on, get the car.
3. (　) Come on, get in the car.
　　快一點，上車吧！

★【糾正英文錯誤】

首先，您一定要知道，這裡的「上車」，指的是一般的房車，所以「上車」是指進入車子裡面，所以最常見的說法是"get in the car"，而如果是「騎上機車」，則是"get on the motor bike"，所以上述測驗的答案如下：

1. （錯誤）Come on, go into the car.
　→ 英文不會直接將「進入車子」說成
　　 "go into the car"這是中文式英文。

2. （錯誤）Come on, get the car.
　→ "get"是指「得到」，與情境不相符。

3. （正確）Come on, get in the car.
　→ 正確說法就是"get in the car"。

★【衍生用法】

知道如何上車，就要知道如何下車，一般來說，「下車」是"get off the car"，而若是指下計程車或下公車，則多半會使用"drop off"：

☑ Please drop me off here.
請讓我在這裡下車。

今天不上班

He is off today.

他今天休假。

★【說明】：

最近一連串因為過度加班引起的「過勞死」已經成為職場的重要隱憂了，有越來越多的人不願意將自己的健康或性命完全陷在工作中，而選擇準時下班或是在週末多多陪陪家人。建議您在一年度的開始，就策劃今年和家人度假的計畫吧！

★【最常犯的英文錯誤】

若是同事今天休假不上班，當你代接電話時，該如何告訴來電者這個訊息呢？以下哪一句是正確的？

1.（　）He is off today.

2.（　）He is out today.

3.（　）He is not here today.

　　　他今天休假。

★【糾正英文錯誤】

「休假」應該是職場常見的用語,當某人「今天不上班」,你就可以說他"He is off today."中文通常翻譯成為「他今天休假」,但實際上是因為什麼原因,則沒有特別說明。所以正確答案如下:

1. (正確) He is off today.
2. (錯誤) He is out today.
   →文法上似乎沒有錯,但若是單純指「不進公司」這件事,則比較常用"off"而非 "out"。
3. (錯誤) He is not here today.
   →同樣地,文法上也沒有問題,但這句話比較是在表明,「他今天不在這裡」的意思,而非不上班的意思。

★【衍生用法】

若是你希望能夠休假,該怎麼開口向上司要求呢?你可以說:"I want to take a day off."

每天都有開不完的會議

He is in a meeting now.

他現在正在開會中。

★【說明】

「開會」是職場中常見的工作模式之一，通常是和執行相關工作同仁之間，能夠彼此溝通、協調或安排工作的目的。

★【最常犯的英文錯誤】

同樣是職場常見用語，當你幫正在開會中的同事接電話時，該如何表達「正在開會」這件事呢？以下哪一句是正確的？

1. ( ) He is in a conference now.
2. ( ) He is on a meeting now.
3. ( ) He is in a meeting now.
   他現在正在開會中。

★【糾正英文錯誤】

首先我們來瞭解一下，常見的「開會」英文

有兩種說法："meeting"、"conference"，而「會議室」則多半使用"conference room"表示，那麼「正在開會」的英文該如何表示呢？通常會使用片語"in a meeting"來表示，所以「某人正在開會中」的用法為：

句型架構

sb.＋be動詞＋**in a meeting**
某人正在開會中

因此上述的測驗答案很簡單：

1. （錯誤）He is in a conference now.
   →雖然"conference"也是「會議」的意思，但是沒有代表「開會中」的意思。

2. （錯誤）He is on a meeting now.
   →"in a meeting"是常見的慣用片語，不可以用"on"。

3. （正確）He is in a meeting now.
   →要特別注意，"meeting"的前面不可以忘記加"a"喔！

「在此之前」不用 before

It will be over by 3 pm.
會在下午三點前結束。

★【說明】

「時間管控」是很重要的職場技能，這是一種無形的能力，卻能夠幫助你有效安排工作的流程，避免加班的情況產生。因此在時間管理的安排上，你就必須要能夠遵守所有的時程安排。

★【最常犯的英文錯誤】

若要表達某件事將會在某個時間點完成，該如何表示呢？你第一個會想到的單字是「…之前」，所以會用"before"嗎？小心喔，這又是一個中文式英文的陷阱。舉例來說，當你要說「我會在早上十點鐘之前完成」，英文該怎麼表達呢？

1. (　) I'll finish it before 10 am.
2. (　) I'll finish it by 10 am.
3. (　) I'll finish it at 10 am.

★【糾正英文錯誤】

1. （錯誤）I'll finish it before 10 am.

   →"before"通常適用在「在…前面」或「在…
   以前」的意思，例如：

☑ I had never spoken before an audience.
   我從未在大庭廣眾面前演講過。

☑ Only 3 days remained before the
   wedding.
   距離婚禮只剩下三天了。

2. （正確）I'll finish it by 10 am.

   →"by"可以表示「（時間上）不遲於;在…之
   前」，例如：

☑ We had to get there by evening.
   我們必須在夜晚前抵達那裡。

3. （錯誤）I'll finish it at 10 am.

   →這句話沒有文法上的錯誤，但是翻譯為「我
   會在早上十點鐘的時候完成」，和題目強調
   「在十點鐘之前」不符。

「期待」是與眾不同的

I look forward to seeing David.
我期待和大衛見面。

★說　明

在國人學習基礎的英文文法時，一定會背的原則就是："動詞＋to＋原形動詞"，亦即此時的"to"是不定詞，所以"to"的後面要加原形動詞，例如：

☑ I just come to say good-bye.
　我只是過來說一聲再見。

☑ I like to swim.
　我喜歡游泳。

☑ She goes to check the window.
　她去檢查窗戶。

★【最常犯的英文錯誤】

先來測驗一下，以下的句子哪一句是正確的：

1. (　　) I look forward to seeing you.

2. (　　) I look forward to see you.

本單元的標題句子：「我期待和大衛見面」的英文說法是"I look forward to seeing David."，您有沒有注意到，在這句英文句子中，有一個"to"，但後面卻接了"seeing"動名詞，對剛學習文法的您可能會說：「這句文法有錯喔，"to"的後面應該要接原形動詞」，這個原則在"to"是不定詞時是成立的，但是片語"look forward to"可是有特殊用法的喔！

★【糾正英文錯誤】

若是對文法不夠深入瞭解的人，很容易一看到"to"就直接在後面加上原形動詞，但在英文中，是存在一些例外的用法，例如"look forward to"表示「期待…」就是一個例子，在"to"的後面是要加名詞或動名詞，例如：

句型架構

look forward to + { 動名詞 / 名詞 }

期待…

☑ I look forward to seeing you.
　我期待和你見面。

☑ I look forward to it.
我對這件事很期待。

☑ Jack looks forward to his birthday party.
傑克很期待他的生日派對。

★【衍生用法】

　　除了"look forward to +動名詞/名詞"之外，還包括以下的句型也是不可以在"to"的後面加上原形動詞：

1. be accustomed to +動名詞/名詞
習慣於做某事

☑ She's accustomed to working at 6 a.m.
她習慣早上六點鐘就開始工作。

2. be addicted to +動名詞/名詞
沉溺於做某事

☑ He's addicted to smoking.
他沉溺於抽菸。

3. be limited to +動名詞/名詞
受限於於做某事

☑ He's limited to changing the plans.
他受限於改變這個計畫。

4. be dedicated to +動名詞/名詞
獻身於做某事

☑ They are dedicated to helping them.
他們獻身於幫助他們。

5. be committed to ＋動名詞/名詞
致力於做某事

☑ They're committed to giving enough time to the project.
他們致力於提供足夠的金錢給予這個計畫。

6. be used to ＋動名詞/名詞
習慣於做某事

☑ She's used to working hard.
她習慣辛苦工作。

7. admit to ＋動名詞/名詞
承認做某事

☑ He admits to killing that old man.
他承認殺了那個老人。

8. confess to ＋動名詞/名詞
懺悔做某事

☑ He confessed to cheating on the exam.
他承認考試時作弊。

（註：confessed 是 confess 的過去式）

9. resort to ＋動名詞/名詞
訴諸於某事

☑ We resort to helping the homeless.
我們訴諸於協助無家可歸者。

10. submit to ＋動名詞/名詞

屈服於某事

☑ All newly hired employees must submit to a urine test.

所有新進的職員都必須要做尿液的測驗。

11. oppose to ＋動名詞/名詞

反對做某事

☑ The governor opposes raising taxes.

政府反對提高課稅。

可惜你不是我

if I were you...

如果我是你…

★【說明】

在人際關係中，最常見的就是當對方面臨抉擇或問題時，朋友就會提出建議，中文常說的：「如果我是你…」就是以自己站在對方的立場，提出衷心的建議言論，讓對方知道「如果我是你，我會怎麼做…」。

那麼英文中的「如果我是你…」該怎麼說呢？看起來這句話沒有太艱澀的文字，好像不難吧？可是以下哪一句才是正確的呢？

1. (　　) If I am you...

2. (　　) if I were you...

3. (　　) if I was you...

4. (　　) if I is you...

★【最常犯的英文錯誤】

　　國人應該都已經知道，第4句（if I is you...）一定是錯誤的，因為"is"是屬於第三人稱（he/she/it...）的動詞，而1、2、3看起來好像都對，到底哪一句才是「如果我是你…」的正確用法呢？

　　最常聽見國人的錯誤用法是"if I am you..."他們所持的理由通常是「因為I的be動詞是am，所以if I am you...是符合文法」，這真是個大錯誤啊！

★【糾正英文錯誤】

　　「假如我是你…」是一個假設語氣。何謂「假設語氣」？也就是「不可能假設」之意，亦即真實情況是與事實相反的，也就是你永遠不能成為對方，所以be動詞要用"were"表示，因此「假

如我是你…」的英文就叫做"If I were you,…"，
例如：

☑ If I were you, I'd get some rest.
如果我是你，我就會休息。

☑ If I were you, I'd save money.
如果我是你，我就會存錢。

☑ If I were you, I' wouldn't do that.
如果我是你，我就不會那麼做。

★【衍生用法】

所謂的「假設語氣」還有以下兩種狀況：

1. 是以事件的陳述的假設狀況，例如「如果我
知道事實」，但實際上，「我不知道這個是
否是事實」的敘述，例如：

☑ If I knew the truth, I would tell you.
如果我知道事實，我就會告訴你。

2. 以第三者為假設狀況，例如「如果我是他/
她，…」，那麼 be 動詞同樣是使用"were"，
分別是：

☑ If I were him, I'd call Mr. Smith.
如果我是他，我就會打電話給史密斯先生。

☑ If I were her, I wouldn't change my mind.
如果我是她，我就不會改變我的想法。

「要求幫忙」最好這麼說

Would you please do me a favor?

可以幫我一個忙嗎？

★【說明】

在這樣一個人們無法離群索居的世代中，當你有求於人的時候，口氣一定要很誠懇，讓對方願意主動提供協助，中文會說「可以麻煩你…」，那麼在英文中，應該怎麼表示呢？

★【最常犯的英文錯誤】

如果你想要對方幫你扶著門，那麼下列哪一句請求語句是比較適合的詢問句呢？

1. （　） Do you hold the door for me?

2. （　） Would you hold the door for me?

3. （　） May you hold the door for me?

同樣都是詢問的口氣，如果不能夠透過一種有禮貌、誠懇的方式提出來，是會影響對方提供協助的意願。

★【糾正英文錯誤】

　　針對「要求」、「請求」的詢問語句，最普遍的句型是"Would you..."，所以上述的三個答案中，以第二句"Would you hold the door for me?"是最適合的。

　　第一句"Do you..."基本上不是請求語句，而是詢問對方「是否有…」的意思，而第三句的"May you..."則可以解釋「你可以…」，但一般說來很少使用這樣的請求語。

　　"would"或"will"放句首所形成的問句，都是詢問對方意見時，是一種有禮貌的詢問、請求問法。

句型架構

Would/will ＋ you ＋原形動詞…?
你是否可以？

- ☑ Would you take care of my bags?
  可以幫我顧一下袋子嗎？

- ☑ Would you like some tea?
  你要喝點茶嗎？

- ☑ Will you call an ambulance for me?
  可以幫我叫救護車嗎？

★【衍生用法】

同樣是請求的語句，以"shall"為句首所形成的問句，也是詢問對方意見或是一種有禮貌的請求問法。

句型架構

Shall ＋ I ／ we ＋原形動詞⋯？

我／我們是否可以⋯？

☑ Shall we begin now?
   我們現在就開始好嗎？

☑ Shall we have some tea?
   我們喝一點茶好嗎？

☑ Shall I tell him the truth?
   我可以告訴他這個事實嗎？

「陪狗走路」就是遛狗

I need to walk the dog

我得要去遛狗。

★【說明】

「寵物」（pet）已經成為現代人非常重要的生活伙伴了，其中又以狗（dog）及貓（cat）佔最多數。養狗的飼主一定不陌生的生活習慣之一就是「遛狗」。那麼「遛狗」的英文該怎麼說呢？

查遍英文字典，應該是找不到「遛狗」這個單字，頂多會找到stroll（散步、溜達）這單字，那麼「遛狗」可以叫做" stroll with the dog"嗎？

★【最常犯的英文錯誤】

您來猜一猜，以下哪一個句子才是正確的「遛狗」說法呢？

1. （　　）I stroll with the dog
2. （　　）I go with the dog
3. （　　）I come with the dog
4. （　　）I take the dog
5. （　　）I hang around the dog

「遛狗」的目的很簡單，不外乎讓狗運動、排泄或是陪主人散步，似乎上面的句子都不太適合吧！其實你把英文想得太複雜了，「遛狗」可以用很簡單的一個慣用語來表示。

★【糾正英文錯誤】

　　上述的「遛狗」句子都是錯誤的用法！

　　一般說來，若要解釋「遛狗」的行為，在英文中通常可以這麼思考：「陪狗走路」，如此一來，是不是有一個單字會出現在你的腦海中：「走路」，也就是英文的"walk"，所以前面所說的「遛狗」就叫做"walk the dog"，也就是「當你在戶外散步時，帶著狗隨行」的意思，例如：

☑ I walk the dog every morning.
我每天早上遛狗。

☑ I walk my dog after dinner.
我晚餐後遛狗。

★【衍生用法】

　　在上述的"walk the dog"的慣用語中，"walk"是動詞的用法，例如：

☑ He is walking a big dog.
他正遛一隻大狗。

☑ Would you walk my dog for me?
可以幫我遛狗嗎？

　　若將「遛狗」當成一種行為名詞，則要將動詞"walk"轉化成為動名詞，例如：

☑ Walking a dog is a healthy exercise.
遛狗是一種健康的運動。

☑ Walking a dog is a daily or once every two day task.
遛狗是每天或每兩天一次的工作。

☑ Walking a dog is a way to keep your dog healthy.
遛狗是一種能讓你的狗維持健康的方法。

吃藥不必用嘴巴？

You need to take the medicine

你得要吃藥。

★【說明】

瞎咪？「吃藥不必用嘴巴」這個標題也太聳動了吧！這是指哪一種奇怪生物，居然能夠不張嘴就吃東西嗎？

別誤會！所謂「吃藥不必用嘴巴？」是要點出中英文使用說法上的不同而已。

相信大部分的國人都已經知道了，中文的「吃飯」中，「吃」的這個動作，在英文就叫做 "eat"，例如：

☑ I'm eating my dinner.
我正在吃晚餐。

（註：eating 是 eat 的現在分詞）

☑ What do you want to eat?
你想吃什麼？

☑ Where shall we eat tonight?
今晚我們去哪裡吃飯？

不論是人類或動物等，這種舉凡要「用牙齒咀嚼」的動作，都是「吃食物」的解釋，不管是吃哪一種餐點，都可以用"eat"來表達，例如：

☑ He ate a hamburger for lunch.
　他午餐吃了漢堡。

（註：ate是eat的過去式）

★【最常犯的英文錯誤】

　　人不是鐵打的，每個人都有生病的經驗，當生病時，就一定要吃藥來醫治病情，一般國人容易將中文的「吃藥」也套用在"eat"這個動詞上，便會脫口而出以下的句子：I eat the medicine.（我吃藥。）

　　乍看之下，上述的句子好像沒有錯誤，其實這正犯了英文使用上的錯誤了！

　　下列的句子「我吃藥」中，哪一句才是正確的？

　1.（　　）I take the medicine.

　2.（　　）I eat the medicine.

★【糾正英文錯誤】

　　在英文的使用中，並沒有"eat the medicine"的使用方式，若是指「服用藥物」的情境，通常

是使用"take the medicine"的慣用語,例如:

☑ You shall take the medicine by ten am.
   你應該在早上十點鐘之前服藥。

☑ Did you take the medicine?
   你有吃藥了嗎?

★【衍生用法】

1. "take"也表示「吃」的動作。此外,"take"這個單字除了表示「吃藥」的動作之外,也適用在「吃(飯)」、「喝(水)」的情境中,例如:

☑ They used to take two meals a day.
   他們過去都是每天吃兩餐飯。

2. "have"表示「吃」的動作,也同樣涵蓋了「吃(飯)」、「喝(水)」,例如:

☑ We had our lunch in a cafeteria.
   我們在一家自助餐廳吃了午飯。

   (註:had 為 have 的過去式)

☑ I usually have a cup of coffee in the morning.
   我早上通常會喝一杯咖啡。

☑ What would you like to have? Coffee or tea?
   你想喝什麼麼?咖啡還是茶?

此外，若是要請對方喝杯飲料的使役動詞，則通常會使用"have"這個單字表示，例如：

☑ Have a cup of coffee, please.
　　請喝杯咖啡吧！

「附加問句」就是再問一次

Do me a favor, will you?

幫我一個忙，好嗎？

★【說明】

　　中文常常可以聽見類似以下的問句：

　　「你很愛我，對不對？」

　　「這是你的錯，不是嗎？」

　　上述兩個句子中的「對不對？」、「不是嗎？」就是所謂的「附加問句」。不只是中文，英文也有「附加問句」。

　　這種主要句子後，再問一次以確認的問句就是「附加問句」。一般說來，「附加問句」的句尾的句型為"助動詞＋主詞"，通常是用來強調詢問的語氣，例如：

☑ You did the homework, didn't you?
　你有寫功課，不是嗎？

☑ They don't wanna help you, do they?
　他們不會幫你，對嗎？

☑ You will leave me, won't you?
　你會離開我的，對嗎？

☑ She is fine, isn't she?
　她很好，不是嗎？

☑ You are friends, aren't you?
　你們是朋友，不是嗎？

以上都是常見的附加問句的句子，有以下幾個基本要點：

1. 附加問句的助動詞時態、主詞等，都是依照前面主要句子。

2. 附加問句的句型是倒裝句，亦即"助動詞/be動詞＋主詞"。

3. 附加問句肯定或否定的用法，則和主要句子相反。

主要子句	附加問句
肯定	否定
否定	肯定

4. 附加問句若是否定句型，不論是 be 動詞或助動詞，都必須是縮寫形式。

★【最常犯的英文錯誤】

一般國人最常犯的錯誤就是後面附加問句的肯定或否定詞性，以下的句子哪一句是正確的？

1. (　) Do me a favor, will you?

2. (　) Do me a favor, won't you?

看起來似乎前面的句子是肯定句，所以後面的附加問句要用否定句？如果你也這麼認為，那麼你就掉入陷阱中囉！

★【糾正英文錯誤】

在一些例外狀況下，附加問句用法是另外的使用規定，如上述句子表示告訴對方「幫我做某事」，則附加問句一律是用 "will you?"，表示「你會嗎？」的意思，例如：

☑ Give me a hand, will you?
幫我好嗎？

所以上述測驗的正確選擇應為：

1.（正確）Do me a favor, will you?

2.（錯誤）Do me a favor, won't you?

★【特別注意】

1. 當主詞為 I 時，否定式附加語句不倒裝、不縮寫，例如：

☑ I am your father, am I not?
我是你父親，對嗎？

2. 當主詞為 that 或 this 時，則附加問句一律使用 it，例如：

☑ That is Eric, isn't it?
那是艾瑞克，對吧？

3. 當主詞為 someone、somebody、everyone 或 nobody 時，則附加問句的人稱代名詞為一律為"they"，例如：

☑ Everyone will be here, won't they?
大家都會來，對嗎？

4. 主要句子若是否定式的祈使句，則用"will you"，例如：

☑ Don't forget, will you?
不要忘記，好嗎？

5. 當主要子句中若有非"not"的否定字，像是 no、never、nothing、nobody等，在附加問句同樣要用肯定形式，例如：

☑ Nobody called you, did they?
沒有人打電話給你，對吧？

6. 若是帶有「邀請」意味的句子，則使用"won't you"的附加問句，例如：

☑ Come in and have some tea, won't you?
進來喝杯茶吧，好嗎？

☑ Sit down, won't you?
坐下吧！

7. 在"Let's..."的句子中，必須使用"shall we?"的附加問句，例如：

☑ Let's have a party, shall we?
我們辦一場派對，好嗎？

後面一定要加動詞 ing 的動詞

I keep walking ahead.
我繼續向前走。

★【說明】

在英文文法中，國人非常熟悉：「動詞」與「動詞」是不能直接面對面連接，所以需要"to"介入當成兩個動詞的媒介，例如：

☑ I promised to call on her after the exam-
ination.

我答應考試後去探望她。

（註：promised 是 promise 的過去式）

☑ He chose not to finish it.

他選擇了不要完成。

（註：chose 是 choose 的過去式）

但並不是每個「動詞」後面都適合"to ＋原形
動詞"的句型。

★【最常犯的英文錯誤】

若是對英文不夠瞭解，則有可能犯的錯誤
就是一看到動詞就加"to"，以下的句子你會輕
易地判斷出哪一句是正確的嗎：

1. （ ）They keep walking ahead.

2. （ ）They keep to walk ahead.

3. （ ）They keep to walking ahead.

★【糾正英文錯誤】

某些動詞慣性用法就是可以不必受限於加"
to ＋原形動詞"的限制，例如以下的「動詞」就只
能是"動詞＋動名詞"的句型：

☑ quit 放棄、停止

☑ enjoy 享受

☑ keep 保持

☑ mind 介意

就像是尚方寶劍一般，只要下達上述四個動詞指令，後面若需要接動詞時，一定要轉換為動名詞形式，例如：

☑ Do you mind opening the door for me?
可以幫我開窗嗎？

☑ "May I ask you a question?" "Keep going."
「我可以問你一個問題嗎？」「說吧！」

其實你只要記住上述的四個動詞單字，一看見這幾個字，不用懷疑，就是加"動名詞"的句型。

所以正確答案如下：

1.（正確）They keep walking ahead.

2.（錯誤）They keep to walk ahead.

3.（錯誤）They keep to walking ahead.

★【特別注意】

不管在何種時態下，只要動詞是上述的動詞（quit、enjoy、keep、mind），後面所接的動詞都必須是"動名詞"的形式，例如：

☑ I enjoy playing card games.
我很喜歡玩撲克牌。

☑ I don't mind having a roommate.
我不介意有室友。

☑ David decided to quit smoking.
大衛決定要戒菸。

（註：decided是decide的過去式）

☑ He kept calling me day and night.
他早晚不斷打電話給我。

（註：kept是keep的過去式）

「興趣」就是發自內心

I'm interested in it.

我對這個有興趣。

★【說明】

首先，先來認識"interest"這個單字。"interest"有兩種詞性，一種是名詞，表示「興趣」，另一種是動詞，表示「對…有興趣」，而"interested"則是"interest"的過去分詞當形容詞用的變化型。以下是和interest相關常見的句型：

句型架構

☑ S + be interested in + something
   某人對某事有興趣
☑ S + be interesting to do + something
   做某事有興趣

這裡我們要說明的是"be interested in..."的使用規則。

★【最常犯的英文錯誤】

若要說明「我對閱讀是有興趣的」，那麼以下哪一句才是正確的？

1. (　) I am interested in reading books.

2. (　) I am interested to reading books.

3. (　) It's interested in reading books.

是不是3個句子都長得很像呢？別擔心，你有幾個準則可以判斷、解析上述三個句子：

1. 既然中文是「我對閱讀是有興趣的」，表示主詞應該是「人」。

2. be interested in + something 是不變法則，所以 in 後面不會是原形動詞。

3. be interested in + something 的主詞通常是人。

如此一來，是不是很容易就能知道哪一句才

是正確的說法呢？

　　1.（正確）I am interested in reading books.

　　2.（錯誤）I am interested to reading books.

　　3.（錯誤）It's interested in reading books.

★【糾正英文錯誤】

　　既然"be interested in..."是表示「對…有興趣」，所以第二句因為出現"to reading"所以是錯誤的，因為不可以使用"to"。如果真要使用"to"，後面也應該加原形動詞，所以是雙重錯誤。

　　再來看看前面所介紹的句型：

1. S＋be interested in＋something

(1) 此句型的 S（主詞）是為人，表示「某人對…有興趣」，例如：

☑ I am interested in the comic books.
我喜歡看漫畫書。

☑ She is interested in it.
她對那個很有興趣。

(2) be interested in 後面可以接名詞或動名詞

☑ We're interested in listening to music.
我們對聽音樂很有興趣。

☑ He's interested in baseball.
他很喜歡棒球。

2. S + be interesting to do + something

(1) 此句型的 S（主詞）多半是無生命的第三人
稱"it"，表示「某事是有趣」，例如：

☑ It's interesting to read books.
閱讀很有趣。

(2) be interesting to 後面多半是加原形動詞，例
如：

☑ It's interesting to learn English.
學習英文很有趣。

★【衍生用法】

"be interesting"的句型中，主詞並不是只能
用"it"，也可以是直接是事物，例如：

☑ English is interesting to me.
英文對我來說很有趣。

"English is interesting to me".也可以改寫為
"I am interested in English."

★【特別注意】

類似"interested"這種過去分詞當成形容詞的
用法還包括

1. be excited about...
對…感到很刺激

☑ She was excited about the trip.
她對這趟旅行感到很興奮。

2. be satisfied with...
對…感到很滿意

☑ He's satisfied with the job you did.
他對你所做的工作感到很滿意。

3. be tired of/from...
對…感到厭煩

☑ I'm very tired of it.
我對這件事感到非常厭煩。

4. be worried about....
對…感到憂心

☑ We're worried about his life.
我們很擔心他的生活。

「全家人」和「一個人」不同

I'm having lunch with the Browns.

我要和布朗一家人吃晚餐。

★【說明】

前面提過，人名前面不能加冠詞"the"，那是指單一個人的時候，例如你打算和布朗先生「一個人」吃晚餐時，就可以說：

☑ I'm having dinner with Mr. Brown.

★【最常犯的英文錯誤】

有了以上的概念，先來測驗一下你對人名加冠詞的瞭解程度，以下哪一些句子是正確的：

1. (　) Did the Mr. Brown call you?
2. (　) I have to visit the the Browns.
3. (　) Mr. Brown is coming for dinner.

★【糾正英文錯誤】

若是你打算和「布朗一家人」吃晚餐，則對象是很多布朗的人，人數絕對超過一人以上（雖然未必人人都姓「布朗」），則此時的姓氏"Brown"就可以使用冠詞，例如：

☑ We're having lunch with the Browns tomorrow.

我們明天要和布朗一家人吃晚餐。

由此可以得知，上述句子的答案如下：

1.（錯誤）Did the Mr. Brown call you?
   → 單一一個人 Mr. Brown，前面不能加冠詞"the"。

2.（正確）I have to visit the Browns.
   → 表示要去拜訪 Browns 一家人，所以是 "the Browns"。

3.（正確）Mr. Brown is coming for dinner.
   → 單一一個人(Mr. Brown)要來吃晚餐。

★ 【特別注意】

若是指「某姓氏的一家人」，則姓氏要用複數形式表現，例如：

一個人	一家人
Mr. White	the Whites
懷特先生	懷特一家人

多一個 s 差很多！

We sometimes eat out on weekend.

我們週末偶爾會出去用餐。

★【說明】

在學習外語的過程中，國人常常會因為不求甚解的學習態度，而讓原本應該是很簡單的英文變得不清不楚，例如將"sometime"與"sometimes"的用法搞混。

猛一看似乎"sometime"與"sometimes"只差在字尾一個有s，另一個則沒有，所以很多國人常常搞不清楚這兩者有什麼差別。

★【最常犯的英文錯誤】

針對"sometime"與"sometimes"的不同用法，先來看看以下的例句應該填入"sometime"或是"sometimes"：

1. Can I call you _____ ?
   改天可以打電話給你嗎？

2. _____ We eat out on weekend.

我們週末偶爾會出去用餐。

★【糾正英文錯誤】

首先，來看看"sometime"與"sometimes"的相同以及不同的地方：

1. 兩者都是副詞

2. sometime表示「某個時間點」，是用在未來式或過去式時態，但是不確認是哪一段時間點，例如：

☑ I'm having lunch with an old friend sometime next week.

我下週要和一位老朋友吃午餐。

而sometimes是頻率副詞，是「偶爾、有的時候」，則適用在說明一件事實或過去經常發生的事，例如：

☑ I sometimes wear jeans.

有的時候我會穿牛仔衣。

那麼來看看前面的測驗，您的答案是否正確：

1. Can I call you sometime?

   → 若是填入"sometimes"，則本句翻譯為「我可以偶爾打電話給你」，表示詢問是否可以做曾經發生過的事，中文就會產生矛盾，所以應該用未來式的解釋，「我以後可以打電話給你嗎？」所以應該填入"sometime"。

2. Sometimes we eat out on weekend.
   我們週末偶爾會出去用餐。

   → 後面的句子"… we eat out on weekend"表示「我們週末出去用餐」，是指「一件事實」而非未來會發生的事，則應該填入"Sometimes"。

★【特別注意】

要特別注意頻率副詞"sometimes"的位置，通常可以放置的位置有以下幾種：

1. 句首：

☑ Sometimes you think you can't really trust anybody.
有的時候你覺得無法相信任何人。

2. 一般動詞之前：

☑ We sometimes go to see a movie.
有的時候我們會去看電影。

3. be動詞之後：

☑ It is sometimes cold.
有的時候會冷。

4. 助動詞和原形動詞中間：

☑ We do sometimes go shopping.
有的時候我們會去逛街購物。

5. 句尾：

☑ She comes to visit us sometimes.
她有時會來拜訪我們。

「喝湯」有規矩

Why don't you eat your soup?
你怎麼不喝湯呢？

★【說明】

前面已經提過，「吃藥」叫做"take medi-cine"，現在我們再來談談另一種的餐桌禮儀：

「喝湯」。

　　不論在東西方，一個人的飲食習慣是否符合用餐禮儀，非常重要的一個判斷標準就是「喝湯」，除了某些國家（像是日本）之外，喝湯時不可以發出聲響，更不可以咕嚕咕嚕地大口喝湯，更切忌將整個湯碗拿起來就著口喝，而是一小口一小口用湯匙舀著湯喝。

　　在中文裡，「喝湯」是用「喝」這個動詞單字，那麼在英文中呢？

★【最常犯的英文錯誤】

　　以下三種喝湯的動作中，有一個動詞是錯誤的，到底是哪一個呢？

1. (　　) drink soup

2. (　　) have soup

3. (　　) eat soup

　　看起來似乎都是正確的，因為"drink"表示「喝」、"have"也帶有「吃」的動作行為，"eat"當然表示「吃」，好像也合理吧？

　　很難下決定吧？如果您是這麼判斷上述三個動作，那麼表示您對「喝湯」的用法仍舊不清楚喔！

★【糾正英文錯誤】

在上述的三個動作中，只有一個是錯誤的：

1.（錯誤）drink soup

2.（正確）have soup

3.（正確）eat soup

雖然中文是「喝湯」，但請記住，不要用中文的思考模式套入英文學習中，偏偏英文的「喝湯」是不能用"drink soup"的，反而"have soup"和"eat soup"都是經常使用的喝湯動作。

修飾 something 的形容詞位置很特別

I saw something strange.

我有看見奇怪的東西。

★【說明】

在基礎英文中，您一定會學到的形容詞位置：

形容詞＋名詞

　　形容詞是修飾名詞之用，所以放在名詞之前，看起來，似乎形容詞一定是放在名詞之前，但是這個句型架構在面對形容詞要修飾的對象是代名詞"something"時，則產生了位置上的變化。

★【最常犯的英文錯誤】

　　針對上述的提示，先來測驗一下您對下列句子的瞭解程度，哪一句才是「我有看見奇怪的東西」：

　　1. (　　) I saw something strange.

　　2. (　　) I saw strange something.

　　由上述的句子可以明顯地看出，最大的差別在於strange的位置不同。首先先來瞭解一下，"strange"是形容詞，最主要的功用是為了修飾"something"。那麼到底修飾"something"的形容詞，其所在的位置應該是在哪裡呢？

★【糾正英文錯誤】

　　請注意，若是要修飾"something"，其形容詞的位置應該是在"something"的後面。

句型架構

something＋形容詞

這和「形容詞＋名詞」的架構是截然不同的，所以上述的測驗的答案應該如下：

1.（正確）I saw something strange.

2.（錯誤）I saw strange something.

★【衍生用法】

類似「something＋形容詞」的單字還有 anything、nothing等，例如：

☑ Is there anything strange?
有任何奇怪的事嗎？

☑ It's nothing wrong.
沒有問題。

★【特別注意】

通常在否定句或疑問句中，"anything"可以取代"something"，例如：

☑ Is there anything I can do for you?
有需要我幫忙的嗎？

但是也不能說否定句或疑問句中，"some-thing"一定會被"anything"取代，例如：

1. Do you have something to eat?
   你有東西可以吃嗎？

2. Do you have anything to eat?
   你是不是有東西可以吃？

第一句使用"something"，表示「預期對方有帶東西來吃」，只是不知道帶了什麼。而第二句使用"anything"，則表示沒有這個預期的心態，也就是不知道對方是否有帶可以吃的東西。

「特價」和「待售中」不同

That is on sale this week.

那個本週有特價。

★【說明】

在百貨公司週年慶或節慶日時，常常可以看見不少的標語："on sale"，意指「特價」，表示商品現正以低價在做特價促銷的意思，例如：

☑ Are these dresses on sale?
   這些衣服有特價嗎？

☑ This camera is now on sale for 19 dollars only.

這個照相機現在特價出售，只賣十九元。

★【最常犯的英文錯誤】

若是中文句子是「這部車子正在低價促銷」，那麼下列哪一句不是正確的？

1. (　) This car is on sale.

2. (　) This car is on special sale.

3. (　) This car is for sale.

★【糾正英文錯誤】

"sale"是指「銷售」、「售出」、「特價銷售」的意思，而容易被混淆的兩種片語分別是："on sale"與"for sale"。兩者的解釋有什麼不同呢？

"on sale"和"on special sale"都是「特價中」，表示是以優惠的價格吸引消費者。而"for sale"則是指「出售」，表示這個商品是「待出售中」，而不是「非售品」（not for sale），例如：

☑ Those books are for sale.

那些書正在銷售中。

☑ Thesc goods are entirely unfit for sale.

這些貨物完全不宜銷售。

☑ It's not for sale.
   這是非賣品。

☑ Cars for sale.
   （標語）汽車銷售！

所以上面中文句子「這部車子正在低價促
銷」，相對應的英文可以是第一句和第二句，第
三句"This car is for sale."則翻譯為「這部車子正
在出售中」。

★【衍生用法】

我們常在美國電影中看見房屋前面掛一個牌
子，寫上大大的"for rent"，就是和"for sale"很類
似的概念，是指「房屋待出租中」的意思。

「抵達」的地方很不同

We arrived in Taipei at five.
我們五點鐘抵達台北。

★【說明】

"arrive"是表示「抵達」的意思，通常是指經過一段旅行之後，到達某一個地點時使用，例如：

☑ What time is their plane scheduled to arrive?
他們的班機預計什麼時候抵達？

若是沒有特別說明是否是經過旅行之後抵達的行為，而是單純地指到達一個地方，也可以用"arrive"，例如：

☑ He arrived home at 6:00.
他六點鐘到家。

★【最常犯的英文錯誤】

現在我們來做旅程的回憶，經過一段長途的旅行後，「我們在五點鐘抵達台北了」，這句話的英文該怎麼說？以下的句子哪一句是正確的？

1. (　　) We arrived in Taipei at five.

2. (　　) We arrived to Taipei at five.

3. (　　) We arrived on Taipei at five.

★【糾正英文錯誤】

一般說來，若是指回到家的「抵達」，可以使用"arrive his home"或"arrive at his home"兩種句型，但若是指抵達大都市或國家，則多半使用"arrive in"的句型，例如：

☑ He will arrive in New York at ten pm.
他會在晚上十點鐘抵達紐約。

所以上述的句子中，應該選擇的是"arrive in"的句子：

1. （正確）We arrived in Taipei at five.

2. （錯誤）We arrived to Taipei at five.

3. （錯誤）We arrived on Taipei at five.

★【延伸用法】

但若是指在大城市中的交通工具「抵達」某個車站，則通常會使用"arrive at"的句型，例如：

☑ The bus arrived at Taipei Station at one thirty.
公車在一點半抵達台北車站。

此外，包括抵達機場，也可以是用"arrive at"，例如：

☑ David arrived at the airport at four.
大衛四點鐘到達了機場。

★【特別注意】

特別注意，「回到家」並不是非得用"arrive"這個單字才能表示，以下的方式都可以表達「回到家」的意思：

☑ He came home at 6:00.
= He got home at 6:00.
他六點鐘就到家了。

忙得有道理

I'm busy doing my thesis.
我正忙著寫論文。

★【說明】

在忙碌的現代社會中，職場員工忙工作、學生忙著上課、家庭主婦忙著家裡大大小小的家事和瑣事，似乎在忙碌的生活中，每個人想要擠出一點空閒的時間都很困難。

雖然如此，您還是得瞭解一下「忙」這個單字如何應用，千萬不要因為忙碌而忽略了"busy"的正確說法喔！

★【最常犯的英文錯誤】

大衛是位大學生，他每天都有上不完的課、補不完的習，更不用說功課老是做到三更半夜，似乎連幫媽媽照顧一下弟妹的時間都沒有，那麼「大衛忙著做他著功課」的英文該怎麼說？以下哪一句是正確的？

1. (　) David was busy to do his home work.
2. (　) David was busy by his home work.
3. (　) David was busy do his home work.
4. (　) David was busy doing his home work.

★【糾正英文錯誤】

若要分辨出上述哪一句是正確的，得先知道"busy"（忙碌的）的應用片語。

句型架構

be busy $\begin{cases} \text{at} \\ \text{with} + \text{something} \\ \text{over} \end{cases}$

正忙著某事

☑ He is busy at work.
他正忙著工作。

☑ He is busy with his work.
他正忙自己的工作。

此外，"busy"後面除了上述的at/with/over之外，還有以下的表達方式：

句型架構

be busy + $\begin{cases} \text{in} + \text{動詞 ing} \\ \text{動詞 ing} \end{cases}$

☑ He is busy writing a novel.
他正忙於寫小說。

千萬不能在"busy"的後面直接加上原形動詞，例如：

（正確）He is busy having fun.

（錯誤）He is busy have fun.

他正忙著玩。

有了以上的概念，就可以輕鬆判斷下列哪一句是正確的：

1. （錯誤）David was busy to do his home work.

　　→ 不可以出現"busy to do…"的句型。

2. （錯誤）David was busy by his home work.

　　→ 不可以出現"busy by…"的句型。

3. （錯誤）David was busy do his home work.

　　→ "busy"後面不可以直接加原形動詞。

4. （正確）David was busy doing his home work.

　　→ "busy"後面可以直接加動詞 ing。

「擦香水」的訣竅

wear perfume

擦香水

★【說明】

　　初學英文者因為對英文的使用不甚瞭解，所以會使用中文式的英文方式表達英文，雖然這是無心之過，而外籍朋友可能也猜得出你的本意，但還是要建議您不要犯了用中文字面意思說英文的習慣。

　　曾經聽過一位正在學中文的美國朋友問我；「你穿什麼香水？」當下我就知道他和一般學英文的國人一樣，搞不清楚語言替換時，應該要用正確的轉換字詞，所以當下我就提醒他，中文的香水是要用「擦」的，而不是「穿」的。

　　那麼英文的「擦香水」該怎麼說呢？

★【最常犯的英文錯誤】

　　先來測驗一下您對英文的瞭解程度，有了以上的提示，您分辨得出下列哪一個句子「你今天擦了什麼香水」才是正確的嗎？

　　1. (　　) What perfume did you wear today?

　　2. (　　) What perfume did you wipe today?

★【糾正英文錯誤】

常聽見有人要表達中文「擦香水」時，會習慣使用「擦」的英文表達，但不論是"wipe"或"apply"，其實這些都是錯誤的，正確的「擦香水」動詞，應該使用"wear"這個單字，例如：

☑ I'm not used to wear perfume.
我不習慣擦香水。

☑ He didn't wear cologne this morning.
他今天早上沒有擦古龍水。

所以您應該知道上述的測驗中，哪一句才是正確的：

1.（正確）What perfume did you wear today?
2.（錯誤）What perfume did you wipe today?

★【衍生用法】

"wear perfume"是口語式「擦香水」的使用方式，若是書面的說明或正式場合的解釋，則是可以使用動詞apply（塗抹）或spray（噴灑），例如：

☑ You may apply perfume to the pulse points of your wrists.
你可以在手腕的脈搏處塗抹香水。

☑ You can spray some cologne on the nape of the neck for intimate moments.
你可以稍微在脖子的後面噴灑古龍水。

上完廁所記得要沖水

flush the toilet
沖馬桶

★【說明】

人的一天有幾個重要的大事不能忽視：吃喝拉撒睡。現在我們要來介紹一下有關於上完廁所後的好習慣：沖馬桶。

講到「沖馬桶」的動詞，只要知道要使用 "flush" 這個單字就可以了。

★【最常犯的英文錯誤】

沒錯，「沖馬桶」的中英文說法幾乎是一樣的："flush the toilet"，例如：

☑ David always forgets to flush the toilet.
大衛老是忘記沖馬桶。

☑ She flushed the toilet and went back in the bedroom.
她沖過馬桶後就回房了。

☑ Every time I flush the toilet, the tank leaks.
每次我沖馬桶，水箱就漏水。

也許你會問，如果是蹲式馬桶也是使用"flush"這個單字嗎？基本上"flushed the toilet"已經成為一種習慣用法，意指「上完廁所要沖水」的意思，所以不論你上的是哪一種馬桶，使用完後的「沖水動作」，都可以說"flushed the toilet"。

不用去荷蘭也可以「各付各的」

Let's go Dutch.
我們各付各的費用吧！

★【說明】

在重視人情味的年代，偶爾花一點小錢請對方喝飲料是很平常的事。但是在「不佔人便宜」

的觀念下，人際關係也早已演變為「各付各的」的行為模式，以免產生不公平的抱怨。

那麼「各付各的費用」在英文當中該怎麼說呢？

★【最常犯的英文錯誤】

「各付各的費用」的字面意思是不是又讓你想起"pay"這個單字呢？別急，已經提醒過您，別將英文中文化，給您一個提示，和歐洲某個國家名有關，猜一猜，下面哪一句是「我們各付各的費用」的說法：

1. （　　）Let's go England.

2. （　　）Let's go Italy.

3. （　　）Let's go Dutch.

★【糾正英文錯誤】

不囉唆，直接讓您知道答案是第三句："Let's go Dutch."。為什麼是"Dutch"（荷蘭），而非USA、England或其他國家呢？話說從前的英荷大戰，雙方都沒有人敢說贏得這場戰爭！當戰爭結束之後，英國人就利用"Dutch"（荷蘭）來醜化這個國家，所以和 Dutch 有關的幾乎都是不好的字眼。"go Dutch"就是暗諷荷蘭人吝嗇的常用英文片語，表示「各自買單付款」，可不是「去荷蘭喔」！例如：

☑ They decided to go Dutch.
　他們決定各自付帳。

A：Will you let me take you out tonight?
　　我今晚約你出去好嗎？

B：As long as we go Dutch.
　　只要我們各付各的就可以。

★【衍生用法】

　　另一個也和荷蘭有關的英文是"I'm a Dutchman if …"也是一個負面反諷荷蘭人的句子，類似中文「如果…，我就不是人」的意思，例如：

☑ I'm a Dutchman if it's not true.
　如果我沒說真話，我就不是人。

不用心經營感情是「站」不住腳！

one night stand
一夜情

★【說明】

現代人對感情的態度和以前的社會不同，其中最明顯的例子就是「一夜情」的發生。在男女雙方沒有經營感情的基礎之下，發生性愛關係的目的只是為求滿足彼此的性愛慾望，就叫做「一夜情」。

★【最常犯的英文錯誤】

這種短暫的性愛關係，可能持續的時間不一定，通常是很短暫的，甚至只有一個晚上的時間，之後彼此可能也不會再聯絡了，所以叫做「一夜情」，英文該怎麼說呢？

1. (　) Is this going to be a one night stand?

2. (　) Is this going to be a one night love?

3. (　) Is this going to be a one night stay?

★【糾正英文錯誤】

若就字面上來看，似乎上述的句子中"love"或"stay"都符合「一夜情」的意境？小心啊！千萬不要自己創造英文喔！「一夜情」正確的說法是"one night stand"，例如：

☑ Do you want a one night stand?
你想要一夜情嗎？

「痛苦的時間」真不好受

Don't give me a hard time.

不要讓我不好受！

★【說明】

人際關係是大部分人每天都要面對的問題，縱使是整天在家上網的宅男宅女也可能會在網路上與人產生溝通的情境。有一種人際關係的情境：當對方不給你面子、得理不饒人、咄咄逼人…等，實在讓人心裡不舒服，此時你會如何回應？在中文你可以說：「不好受」。

★【最常犯的英文錯誤】

這種「讓人不好受」的英文該如何表達呢？以下哪一句是正確的？

1. (　　) You gave me a bad time.
2. (　　) You treated me a bad time.
3. (　　) You gave me a hard time.

★【糾正英文錯誤】

不論對方用何種方法讓你覺得難堪、不高興、不舒服、尷尬…等，中文一律可以用「不好受」來表示，英文呢？口語化來解釋「不好受」，就表示「這是個很不好過的時間」，英文就叫做 "hard time"：

句型架構

give someone a hard time
讓某人不好受

「不好受」一定都是很艱苦的時間，簡直就是「度日如年」，所以正確答案是 3：

1. （錯誤）You gave me a bad time.
2. （錯誤）You treated me a bad time.
3. （正確）You gave me a hard time.

★【衍生用法】

類似這種「不好受」的情境，英文也可以說 "I don't feel comfortable."，既是身體上的「不舒服」，也帶有心理層面的「不舒服」，和中文「不好受」有著相類似的表示。

把手送給對方？

Would you give me a hand?

可以幫我一個忙嗎？

★【說明】

當你需要對方的幫忙時，該如何表示？當然你可以直接說"help me"，除此之外，還有其他表示方法嗎？

★【最常犯的英文錯誤】

當需要對方協助時，你可以用最道地的方式提出你的請求，以下哪一句是正確的？

1. (　) Would you give me a hand?
2. (　) Would you give me a coin?
3. (　) Would you give me a time?
可以幫我一個忙嗎？

★【糾正英文錯誤】

當你希望對方能幫你的小忙，就好像對方對方必須騰出雙手幫你做某事，所以這種「要求幫忙」的情境，就可以用"give me a hand"表示：

句型架構

give someone a hand
提供幫助給某人

1. （正確）Would you give me a hand?
　→ 完全符合要求協助的情境。
2. （錯誤）Would you give me a coin?
　> 這句話是「給我一個硬幣」，和情境不相符。

240

3. (錯誤) Would you give me a time?
　　→「給我一個時間」，既不符合情境，文法上也有錯誤。

「很會吃」不代表有大肚子

He ate like a horse.
他的食量很大。

★【說明】

前面提過了，英文最有趣的部分是字面意思和實際意思有時是不一樣的。你有沒有認識這種朋友：食量很大、很會吃的人，似乎肚子永遠填不飽？這種「大食量」該如何用英文表示？

★【最常犯的英文錯誤】

面對這種食量很大的句子，以下哪一句是正確的？

1. (　　) He ate like a pig.
2. (　　) He ate like a horse.
3. (　　) He has a big belly.
　　　　　他的食量很大。

★【糾正英文錯誤】

　　若你要查英文的「食量」，充其量會查到的單字是"appetite"，通常是表示「胃口」、「食慾」的意思，似乎很難能夠和說明吃的多寡的「食量」劃上等號。其實，這種「食量」的說法，在英文中可是有慣用說法："eat like a horse"，字面意思是「像馬一樣會吃」。所以上述測驗中，第2句才是正確的：

1. （錯誤）He ate like a pig.
　　→ 以為食量大就選"pig"嗎？雖然字面意思是「吃得像豬」，但英文中沒有這種說法。

2. （正確）He ate like a horse.
　　→ "eat like a horse"是正確的說法。

3. （錯誤）He has a big belly.
　　→ 字面意思是「他有個大肚子」，但和食量大小無關。

一天的呼喚

Let's call it a day.
今天就到此為止。

★【說明】

近年來職場「過勞死」的例子時有所聞，也衝擊著很多社會大眾對工作與健康之間取捨的反省，沒有人會願意為了工作犧牲自己的健康、與家人相處的時間吧！

★【最常犯的英文錯誤】

當你工作一整天也加班一整晚了，你最希望聽到哪一句話？相信你希望老闆能說「今天就到此為止了」，表示終於可以下班囉！那麼英文的「今天就到此為止」該怎麼說？以下哪一句是正確的？

1. (　　) Let's call it a day.

2. (　　) Let's call it a work.

3. (　　) Let's call it a world.

★【糾正英文錯誤】

　　若要將中文「今天就到此為止了」轉換成英文，您是不是又想到today、end或finish？沒這麼難，「今天就到此為止了」就表示「今天的工作告一段落」，就可以說："call it a day"，字面意思是「把此稱為一天」，意思就是「可以放下手邊的事，休息囉！」所以上述的測驗答案如下：

1.（正確）Let's call it a day.

2.（錯誤）Let's call it a work.
　　→ 字面意思是「稱為一個工作」，與情境
　　　　不相符。

3.（錯誤）Let's call it a world.
　　→ 字面意思是「稱為一個世界」，與情境
　　　　不相符。

新鮮事就是「新聞」

I have some news.
我有消息要說！

★【說明】

新聞界有一句名言：「狗咬人不是新聞，人咬狗才是新聞」，那麼「新聞」的英文該怎麼說呢？

首先，先來瞭解一下何謂「新聞」？只要是「最新發生的事」就叫做「新聞」，由此可知「新聞」就是「新鮮」、「剛出爐」的事，而英文的"new"是「新鮮的」，所以「新聞」就叫做"news"，通常用複數形式表示，例如：

☑ I usually watch the late night news.
我經常看晚間新聞。

★【最常犯的英文錯誤】

既然您已經知道「新聞」的英文叫做"news"，那麼如果您有新發生的事要告訴對方，該如何用英文表達呢？以下哪一句是正確的？

1. (　　) I have a news.

2. (　　) I have something new.

3. (　　) I have some news.

　　　　我有消息要說！

★【糾正英文錯誤】

　　"news"除了是「新聞」之外，也表示「消息」的意思，只要是對方不知道的事，你想要讓對方知道，中文可以說「我有事要說」或是「我有一些消息」等，都可以用"news"表達，例如：

☑ That's the best news I've heard for a long time!
　　這是這麼久以來我聽到最好的消息。

　　所以當有新的「消息」要告訴對方、和對方分享，"news"就是最好的表達方式：

1. （錯誤）I have a news.
　　→ "news"當成「新聞」、「消息」，不可以用冠詞"a"修飾，要使用計量單位，例如："a piece of news"（一則新聞）。

2. （錯誤）I have something new.
　　→ 字面意思是「我有一些新的事」，好像符合「我有消息要說」的情境，但英文很少如此表達。

3.（正確）I have some news.

→ 表示「我現在要說的事，是你所不知道的」，也就是「我有消息要說」，至於是「一則消息」或「很多則消息」則沒有一定的規範。

★【衍生用法】

常看到CNN新聞畫面上出現" break news"，可不是「打破新聞」的意思，而是指「最新消息」的意思。

「滾開」不一定要有滾的動作

Get lost

你滾開！

★【說明】

人類是一個擁有複雜情緒的物種，不管是喜怒哀樂，透過種種情緒的反應，就可以和其他人有互動的連結。

★【最常犯的英文錯誤】

當有人老是在你耳邊嘮嘮叨叨，甚至干擾你時，你會有何種情緒反應？是不是希望對方不要再叨念？我想你不會願意再看見對方，甚至會希望對方從自己眼前消失應該是最快的方式吧！英文就可以說"I don't wanna see you anymore."。若要更直接的表達，中文會說「滾開！」那麼英文該如何表達呢？以下哪一句是正確的？

1. (　　) Get going!

2. (　　) Get lost!

3. (　　) Go lost!

★【糾正英文錯誤】

給您一個提示，「滾開」和"lost"是有關的！直接來看答案吧！

1. （錯誤）Get going!

　　→ 表示「動身」的意思，和「滾蛋」的情境不相符。

2. （正確）Get lost!

　　→ 表示「離開」、「從我眼前消失」的意思。"get lost"是慣用說法。

3. （錯誤）Go lost!

→ 表示「迷失」，和「滾蛋」的情境不相符。

★【衍生用法】

若是「迷路」，也可以用"lost"表達，英文就可以說"I'm lost."，另一種更深層的意思則是「我迷失了」的意思。

「在角落」就是快到了！

Summer is around the corner.

夏天就快來了。

★【說明】

「時間」是一種無形的狀態，一分一秒地過似乎毫無感覺，但回首過往，多數人都有許多感慨：「時間過得真快啊！」一年當中你最期待的季節或節慶是哪一個呢？學生時代我最喜歡的是夏天，因為放暑假可以安排很多的活動、不必上學等，那麼「夏天就快來了」。英文該怎麼說呢？

★【最常犯的英文錯誤】

針對某個時間「就快到了」，英文該怎麼表示呢？以下哪一句是正確的？

1. ( ) Summer is around the corner.

2. ( ) Summer is around the wall.

3. ( ) Summer is around the floor.

夏天就快來了。

★【糾正英文錯誤】

您知道"corner"這個單字嗎？表示「角落」的意思，而常用片語"around the corner"字面意思是「在角落」，也就是「在附近、將來臨」的意思，例如：

A：Where is he?

他在哪兒？

B：He is just around the corner.

他就在附近。

所以上述的答案應該是選擇" Summer is around the corner."才是正確的。

★【特別注意】

"around the corner"除了表示「季節」將至，也可以是某個節慶日快要到了的意思，例如：

☑ Christmas is around the corner.
耶誕節就要到了。

沒說怎麼會知道呢？

You know what?
你知道嗎？

★【說明】

　　有的時候，語言的使用並不一定如字面意思的，就如中文常說的：「你知道嗎？」，當你說這句話的時候，其實並不是要對方回答是否知道，因為你也還沒說明到底要說的內容為何，所以通常會直接說明你所要說的內容。英文中也有這種開啟話匣子「你知道嗎？」的相對應說法。

★【最常犯的英文錯誤】

　　針對上述開啟話匣子前的提示用語「你知道嗎…」，以下哪一句是正確的？

1. (　) You know how?

2. (　) You know this?

3. (　) You know what?

★【糾正英文錯誤】

和他人開啟話匣子前,除了先打招呼、寒暄之外,可以藉由一些看似沒有意義的語句來化解尷尬,例如中文常常會說:「你知道嗎?」也就是提醒對方仔細聽你接下來要說的事,在英文就可以說"You know what?"所以正確答案是:

1. (錯誤) You know how?
   → 表示「你知道如何嗎?」和本文情境不相符。

2. (錯誤) You know this?
   → 表示「你知道這個嗎?」和本文情境不相符。

3. (正確) You know what?

★【衍生用法】

另一種和"You know what?"很類似的用法是"Guess what?",也是在和他人對話前的口頭用語,例如:

☑ Guess what? He is coming back.
你知道嗎? 他就要回來了!

★【特別注意】

雖然"You know what?"是一句疑問句，卻無需用倒裝句表示。

「好酷」真是冷啊！

It was so cool!
真是好酷啊！

★【說明】

語文的學習要能活用，當你要讚美時，你會怎麼說？是不是千篇一律只會說："Great!"或"Good!"雖然這兩個字都能表達讚美的情境，程度上卻少了一些些發自內心的讚美意味。

★【最常犯的英文錯誤】

當好朋友買了一輛新的跑車，你會如何反應？中文可以說：「好酷啊！」表示「很炫」、「令人羨慕」的情境，那麼英文又該怎麼說呢？以下哪一句是正確的？

1. ( ) It was so cool!

2. ( ) It was so hot!

3. ( ) It was so sweet!

　　好酷啊！

★【糾正英文錯誤】

1. （正確）It was so cool!

　→ "It was so cool!"是一句非常道地的用語，也可以直接說"Cool"。

2. （錯誤）It was so hot!

　→ "hot"可以用來形容女孩子很「辣」，卻不是用在中文「好酷！」的情境。

3. （錯誤）It was so sweet!

　→ "sweet"可以表示「貼心」的意思，例如"You're so sweet."，和「好酷！」無關。

不在意就是「隨便」

Whatever!

隨便！

★【說明】

當你對事情的發展顯得不放在心上時，中文常常會說「隨便」，表示「情況如何發展都不關我的事」，那麼在英文中有相對應的用法嗎？

★【最常犯的英文錯誤】

針對這種「不在意」、「隨便」的情境，以下的對話中，B應該如何回答才是正確的？

A：You shouldn't do it.

B：＿＿＿＿＿＿＿＿＿＿＿

1. ( ) B：However!

2. ( ) B：Whatever!

3. ( ) B：So what?

★【糾正英文錯誤】

"whatever"在口語上的意思就是除了有「究竟是什麼」之外，也有「隨便」、「無所謂」的意思，例如對方誤會你是個騙子時，你就可以說：
「隨便你怎麼說」：

A：Liar.
你說謊！

B：Whatever!
隨便你怎麼說！

或是對方問你：要去看電影還是逛街？如果你並沒有什麼特別偏好，就可以說"Whatever!"表示「任何一種都可以，我隨便！」，所以答案如下：

1.（錯誤）However!
→ "however"是指「然而…」和本文情境不相符。

2.（正確）Whatever!
→ 表示「不在意」的意思。

3.（錯誤）So what?
→ 表示「那又如何」的意思，帶有反問、挑釁的意味，和本文情境不相符。

★【衍生用法】

有時候"whatever"放在句尾也有"Who cares?"的意思，表示「不在意」、「不擔心」的意思，例如：

☑ I don't know what to do, whatever.
　我不知道該怎麼做，管他的，隨便啦！

誰愛吃他人的「口水」？

I trust your mouth.
我不怕吃你的口水。

★【說明】

在衛生條件不受重視的年代，老一輩常常將食物放進口中降低溫度後再餵食給幼童，如今這種情形應當相當少見了！但是看見美國影集中，大家共飲一瓶酒，這種大家口水和在一起的方式，還真是筆者不敢苟同的啊！

★【最常犯的英文錯誤】

曾和一位外國朋友聚餐，他也想要嚐一嚐我的義大利麵，尷尬的我只好將自己的叉子先用紙巾擦拭一遍，你猜此時外國朋友怎麼說？

1. (　　) I trust your mouth.

2. (　　) I trust your saliva.

3. (　　) I trust your health.

★【糾正英文錯誤】

針對上述的測驗情境，表示對方很相信我的健康狀況，敢吃我吃過的食物，就算是因此吃到我的口水，他也不擔心會有後遺症，亦即他不害怕我會有傳染病，也就是中文「我不怕吃你的口水」的意思，正確說法可和英文的「口水」一點關係都沒有喔！

1. （正確）I trust your mouth.
   → 字面意思是「我相信你的嘴巴」，也就是「我不擔心吃到你的口水會有不好的影響」。

2. （錯誤）I trust your saliva.
   → 雖然意思和中文「我不怕吃你的口水」很類似，英文中卻不會如此表達。

3. （錯誤）I trust your health.
   → 雖然字面意思「我相信你的健康」，但和「我敢吃你吃過的食物」的意思差很多。

★【衍生用法】

若是不想要和對方一同分享食物，則可以說："No offense, but I don't trust your mouth."

喉嚨裡有一隻青蛙

I had a frog in my throat.

我的聲音啞了！

★【說明】

人難免會有身體微恙的時候，當你覺得身體不舒服時，可以說"I don't feel well."或是"I'm not feeling well."以上的說法可以概括性適用在「身體不舒服」時使用，以下是幾種常見身體不舒服的說法：

☑ I have a bad cold.
我得了重感冒。

☑ I feel painful.
我覺得痛。

☑ I feel like throwing up.
我想吐。

☑ I am injured.
我扭傷了。

☑ My feet are killing me.
我的腳好痛。

★【最常犯的英文錯誤】

國人應該都知道，「喉嚨痛」叫做" I have a sore throat."（我喉嚨痛），那麼如果是「喉嚨沙啞」時，該如何表示呢？

1. （　）I had an earthworm in my throat.
2. （　）I had a frog in my throat.
3. （　）I had an insect in my throat.

　　　　我的聲音啞了！

★【糾正英文錯誤】

給您一個提示，「喉嚨沙啞」的答案和童話故事「青蛙王子」裡的主角動物一樣：

1. （錯誤）I had an earthworm in my throat.
2. （正確）I had a frog in my throat.
3. （錯誤）I had an insect in my throat.

"frog in someone's throat'"字面意思是「某人的喉嚨裡有一隻青蛙」，表示「無法說話」或是「因為喉嚨有問題所以失去聲音」，例如：

☑ I sounded like I had a frog in my throat for almost 1 week
　　我的聲音聽起來像是沙啞了一整個星期。

「沒工作」當然行不通

It won't work.

那是行不通的！

★【說明】

　　當問題發生時，該怎麼辦？是放任不管或是想辦法找出解決的方法？相信大部分人是不會對問題視而不見的。

★【最常犯的英文錯誤】

　　當企圖解決問題，卻發現無法解決時，中文會說：「行不通」，那麼英文該如何表示？以下哪一句是正確的？

1. (　　) It won't go through.
2. (　　) It won't come.
3. (　　) It won't work.

　　　　　那是行不通的！

★【糾正英文錯誤】

　　如果已經嘗試要解決問題，不論是哪一種問題，只要是面臨無法解決的情境，都表示「無法發生作用」，在英文中，有一個單字表示「產生作用」的意思："work"，所以中文所說的「行不通」，正確答案如下：

1. （錯誤）It won't go through.

→ 「不會穿越」，和本文情境不相符。

2. （錯誤）It won't come.

→ 表示「不會來」，和本文情境不相符。

3. （正確）It won't work.

→ 表示「不會運作」，也就是「行不通」的意思，例如：

☑ It doesn't work.
沒有用的。

★【衍生用法】

類似「不會發生作用」的另一種說法則是 "work out"，例如：

☑ Sorry, it won't work out between us.
抱歉，我們之間是不可能了。

「好工作」就是表現得好

Good job!

幹得好!

★【說明】

　　要建立良好的人際關係,必須不吝嗇讚美,透過讚美,能讓對方知道你對他的表現是認可的,不但能肯定對方的辛苦表現,也可以為雙方建立更進一步的關係。

★【最常犯的英文錯誤】

　　在口語化中文裡,最常見的讚美用語是「幹得好!」,那麼在英文中,該如何表示呢?以下哪一句是正確的?

1. (　) Buddy, Good job!

2. (　) Buddy, Good work!

3. (　) Buddy, Good behave!

　　　　幹得好,兄弟!

★【糾正英文錯誤】

若要用英文讚美對方「幹得好！」只要這麼想：「表現得好的工作」，相對應的說法就是 "Good job!"

1. （正確）Buddy, Good job!
   → 只要是對方的表現盡如人意，都可以用"Good job!"稱讚對方。

2. （錯誤）Buddy, Good work!
   → 雖然"work"也有"job"的意味，卻不能用"Good work!"來表示「幹得好！」

3. （錯誤）Buddy, Good behave!
   → 字面意思是「好的行為」，和本文情境不相符。

★【衍生用法】

另一種表示讚美的用語還有"well done"，例如：

A：Check it out. What do you think of it?
你看！你覺得怎麼樣？

B：Well done.
幹得好！

身處在一堆事中，就是正在忙！

In the middle of something?

正在忙嗎？

★【說明】

人際關係中，最重要的一點，就是要能察言觀色，當你看見對方正在忙時，千萬不要去打擾對方啊！但是，該如何知道對方現在是否正在忙呢？如果冒貿然地問對方，會不會不禮貌呢？

★【最常犯的英文錯誤】

當你希望對方能幫你忙時，通常會先問「你在忙嗎？」英文該怎麼說呢？相信有英文基礎的人第一個想到的問法一定是"Are you busy?"或是直接問對方"Busy now?"但是你可以有更道地的說法。以下哪一句是正確的？

1. ( ) In the middle of something?
2. ( ) In the end of something?
3. ( ) In the middle of one thing?

★【糾正英文錯誤】

除了"busy"（忙碌的），您可以有道地的問法。您可以這麼聯想：「正在忙」表示「正在忙碌之中」，就可以說"in the middle of something"，會用"something"表示手頭上有事正在處理，卻沒有特別說明是什麼事。所以正確答案如下：

1. （正確）In the middle of something?
   → 完整的說法是"I'm in the middle of something."

2. （錯誤）In the end of something?
   → 字面意思是「在某事的結尾」，和本文情境不相符。

3. （錯誤）In the middle of one thing?
   → "in the middle of something"是慣用語，雖是「某些事」的意思，但不管是正在忙多少件事，都不可以用"one thing"取代"something"。

生病就該請假休息

He just called in sick.

他剛剛打電話來請病假。

★【說明】

人不是鐵打的，如果一早起床時，發覺自己頭昏腦脹的，該怎麼辦？是不是應該要打電話進公司請假呢？那麼「打電話請假」該怎麼表達？你可以說：

☑ I won't be in today, I am not feeling well.
　我今天不進公司了。我覺得不舒服。

★【最常犯的英文錯誤】

同事大衛今天早上打電話進公司請假，你該怎麼告訴其他同事大衛請假這件事呢？以下哪一句是正確的？

1. (　) He just called to be sick.

2. (　) He just called into sick.

3. (　) He just called in sick.

　　　　他剛剛打電話來請病假。

★【糾正英文錯誤】

「打電話進公司請病假」該怎麼說？好像很難，其實一點都不會，這句話有慣用說法："call in sick"，是一個常見的辦公室用語，至於是不是真的因為生病請假，還是其他原因不想來上班，則不一定喔：

1. （錯誤）He just called to be sick.
2. （錯誤）He just called into sick.
3. （正確）He just called in sick.

★【衍生用法】

如果是透過正常程序請病假就可以說："I need a sick leave for two days."(我需要請兩天病假。)

飄在空中不確定

up in the air

還沒決定

★【說明】

本書介紹過相當多和字面意思不相關的英文俚語，這裡要再介紹另外一種：「還沒有決定」。

當餐廳侍者問你是否決定要點餐，當你還沒有決定好時，一般說來可以說："I haven't decided it yet."除此之外，還有其他說法嗎？

★【最常犯的英文錯誤】

大衛快要畢業了，父母問大衛是否要再繼續深造，或是要就業，大衛卻還沒有思考這個問題，以下哪一句是大衛可以回答的句子：

1. ( ) It's still up in the earth.

2. ( ) It's still up in the air.

3. ( ) It's still up in the water.

★【糾正英文錯誤】

當對某件事還存有不確定的結果時，也就是

「還沒作出決定」的意思，就可以說"up in the air"，是常用片語，是不是和中文表示事情是「懸而未決」很類似！例如朋友問你今天晚上有什麼事時，你就可以說："I don't know. It's still up in the air."表示「我不知道，還沒有確定啊！」

1. （錯誤）It's still up in the earth.
2. （正確）It's still up in the air.
3. （錯誤）It's still up in the water.

事情都到這個地步了

So what?

那又如何？

★【說明】

人是情緒的動物，當人要表現出不認同或刻意挑釁的立場時，除了可以說："I don't agree with you."還可以怎麼回應呢？

★【最常犯的英文錯誤】

當你遭受對方質疑時，若你所持的態度是不

以為然，該如何回應呢？例如你的初戀情人非常生氣地對你說「你不應該回來！」你卻不這麼認為，中文可以說「那又如何？」表示「事情都到這個地步了，那又如何呢？」這句話英文該如何表示呢？以下 B 的回答哪一句是正確的？

A：You shouldn't come back.

B：＿＿＿＿＿＿＿＿＿＿＿＿＿

1.（　）So what?

2.（　）So how?

3.（　）So good?

★【糾正英文錯誤】

1.（正確）So what?

→ "So what?"表示「那又如何」，帶有挑釁意味的回應語，表示不認同、質疑對方的言論，使用時要特別注意。

2.（錯誤）So how?

→ 字面意思是「那麼如何呢？」和本文情境不相符。

3.（錯誤）So good?

→ 字面意思是「這麼棒？」和本文情境不相符。

倒吸一口氣的糟糕

Sucks!

真糟糕！

★【說明】

人生不如意十之八九，當面對這種不能順心如意的事時，多數人恐怕都會在心裡抱怨吧！此時若是有人問你此狀況的結果，中文可以用用「糟透了」表示，英文該如何表達呢？

★【最常犯的英文錯誤】

例如朋友問你「電影好看嗎？」你不得不說「這是一部大爛片！」該如何表示？以下哪一句是正確的？

A：How is the movie?

B：_____

1. (　) Sucks!

2. (　) Not good!

3. (　) I don't like it!

★【糾正英文錯誤】

有一句英文可以和中文「爛透了」、「糟糕透頂」、「太差了」這種差勁、令人不滿的狀況相呼應："Sucks!"，完整說法是"It sucks!"所以正確答案如下：

1. （正確）Sucks!

   → 非常口語化的說法，正式場合不適用。

2. （錯誤）Not good!

   → 字面意思是「不好！」雖然和本文情境相符，但不夠道地！

3. （錯誤）I don't like it!

   → 字面意思是「我不喜歡！」雖然和本文情境相符，但不能充分形容「糟透了，所以我不喜歡」的意境。

冒犯總是無心過錯

No offense.

我沒有要冒犯的意思。

★【說明】

　　人際關係的維持是一門充滿智慧的學科，只有透過失敗中成長、成長中學習的過程，才能夠建立每個人不同的人際關係脈絡。

　　當你不小心說出得罪對方的話時，你是有機會可以補救的，你可以說：「我不是有心的！」英文就叫做"I didn't mean it."，例如：

　　☑ A：I don't want to see you anymore.
　　　　　我不想再見到你了！

　　　B：How could you say that?
　　　　　你怎麼能這麼說？

　　　A：I didn't mean it.
　　　　　我不是有心的！

★【最常犯的英文錯誤】

　　"I didn't mean it."除了可以是「我不是有心的」，還可以是「我不是那個意思」，但這是在你發表言論之後的補救用語，有沒有一句話，是能在你發表某言論之前就先表達，以免對方誤會的？例如中文的「不要冒犯」的意思就是很好的說詞，以下哪一句是正確的？

1. ( ) You know what?

2. ( ) I didn't do it.

3. ( ) No offense.

★【糾正英文錯誤】

先來看正確答案吧：

1. （錯誤）You know what?

 → 表示「你知道嗎？」是在要發表某言論之前，先提醒對方注意聽的意思。

2. （錯誤）I didn't do it.

 → 表示「我沒有做」，和本文情境不相符。

3. （正確）No offense.

 → "offense"表示「犯錯」、「罪過」的意思，也有「冒犯」的意思，"no offense" 字面意思可以是「冒犯總是無心過錯」，也就可以解讀為「我沒有冒犯的意思」，例如：

☑ No offense, but you're wrong.
 我沒有冒犯的意思，但是你錯了！

永續圖書
線上購物網

www.foreverbooks.com.tw

◆ 加入會員即享活動及會員折扣。

◆ 每月均有優惠活動，期期不同。

◆ 新加入會員三天內訂購書籍不限本數金額，
   即贈送精選書籍一本。（依網站標示為主）

專業圖書發行、書局經銷、圖書出版

永續圖書總代理：
五觀藝術出版社、培育文化、棋茵出版社、大拓文化、讀
品文化、雅典文化、知音人文化、手藝家出版社、璞申文
化、智學堂文化、語言鳥文化

活動期內，永續圖書將保留變更或終止該活動之權利及最終決定權。

一般人最常犯的100種英文錯誤

雅致風靡　典藏文化

親愛的顧客您好，感謝您購買這本書。即日起，填寫讀者回函卡寄回至
本公司，我們每月將抽出一百名回函讀者，寄出精美禮物並享有生日當
月購書優惠！想知道更多更即時的消息，歡迎加入 "永續圖書粉絲團"
您也可以選擇傳真、掃描或用本公司準備的免郵回函寄回，謝謝。

傳真電話：（02）8647-3660　　　　電子信箱：yungjiuh@ms45.hinet.net

姓名：	性別：　□男　□女
出生日期：　年　月　日	電話：
學歷：	職業：
E-mail：	
地址：□□□	
從何處購買此書：	購買金額：　　　元

購買本書動機：□封面 □書名 □排版 □內容 □作者 □偶然衝動

你對本書的意見：
內容：□滿意□尚可□待改進　　編輯：□滿意□尚可□待改進
封面：□滿意□尚可□待改進　　定價：□滿意□尚可□待改進

其他建議：

總經銷：永續圖書有限公司

永續圖書線上購物網
www.foreverbooks.com.tw

您可以使用以下方式將回函寄回。

您的回覆，是我們進步的最大動力，謝謝。

① 使用本公司準備的免郵回函寄回。

② 傳真電話：（02）8647-3660

③ 掃描圖檔寄到電子信箱：

　yungjiuh@ms45.hinet.net

- -

沿此線對折後寄回，謝謝。

廣　告　回　信

基隆郵局登記證

基隆廣字第056號

2 2 1 - 0 3

 雅典文化事業有限公司　收

新北市汐止區大同路三段194號9樓之1

雅致風靡　典藏文化